Dan

Vale o que tá escrito

© 2023 Dan
© 2023 DBA Editora

1ª edição

PREPARAÇÃO
Silvia Massimini Felix

REVISÃO
Franciane Batagin Ribeiro
Pamela P. C. Silva

ASSISTENTE EDITORIAL
Gabriela Mekhitarian

DIAGRAMAÇÃO
Letícia Pestana

ILUSTRAÇÃO DE CAPA
Daniel Carvalho

Impresso no Brasil/*Printed in Brazil*

Todos os direitos reservados à DBA Editora.
Alameda Franca, 1185, cj 31
01422-001 — São Paulo — SP
www.dbaeditora.com.br

Dados Internacionais de Catalogação na Publicação (CIP)
(Câmara Brasileira do Livro, SP, Brasil)

Dan

Vale o que tá escrito / Dan. -- São Paulo: DBA Editora, 2023.

ISBN 978-65-5826-060-8

1. Ficção brasileira I. Título.

CDD-B869.3   23-155172

Índices para catálogo sistemático:
1. Ficção : Literatura brasileira B869.3
Eliane de Freitas Leite - Bibliotecária - CRB 8/8415

Para Tonton – como tudo – com todo amor.

Pior não foi correr só,
bem pior foi não sentir medo algum.
Xis ("Bem pior", *Seja como for*, 1999)

Se alguém pisa no meu calo
pego o cavaquinho pra cantar de galo.
João Bosco e Aldir Blanc
("Kid Cavaquinho", *Caça à raposa*, 1975)

SUMÁRIO

PROPÓSITO — 13

HISTÓRIA — 57

JUSTIÇA — 73

VERDADE — 111

DESTINO — 129

OS ÚLTIMOS GUERRILHEIROS — 155

PARTIR (1999) — 207

PROPÓSITO

MUITO PRAZER

Meu nome é Danylton, tenho trinta e três anos, não acredito em fantasmas, mas vi um homem que já morreu.

Além disso, sou um barista. Ruim. Não consigo compactar o pó do café de maneira que fique nivelado, e, por isso, nos espressos que tiro, em filtro duplo como ensinou a professora, sempre fica um menor do que o outro. Também não domino a arte de vaporizar o leite. Às vezes dá certo, às vezes não dá, não sei explicar o porquê. Caso a gente se encontre em lados opostos do balcão, sugiro que você peça um *machiatto*, que é só jogar uma espuma de leite em cima do café, e não um cappuccino, que exige domínio da técnica de vaporização do leite, destreza para derramá-lo sobre o espresso da forma correta, sorte e uma boa noção de geometria e estética para desenhar o coração na superfície da bebida, que é a exigência principal dos clientes.

Falando neles, passo o dia todo esperando algum, ou tentando transformar o transeunte em um. Quando alguém passa lá fora, já corrijo a postura e lanço um olhar amistoso, um sorriso gentil e discreto, na esperança de sensibilizar a pessoa e vender para ela um café, um brownie, um pão de queijo. Como quase ninguém cai na armadilha, a gente vai ficando amuado, e então tem que ir lá fora fumar um cigarrinho, falar do Flamengo com o cabeleireiro, da novela com o amolador de tesouras, olhar a copa da mangueira à procura de algum curió escondido entre os pardais, para depois voltar, esperar cliente, corrigir postura, olhar com suavidade. E nada.

Ainda bem que existe a internet, antídoto para o tempo, e que até mesmo esse computador, além de tocar o jazz de elevador e rodar o sistema de venda e nota fiscal, consegue funcionar com duas abas abertas no navegador. Em uma delas, procuro promoções, vídeos sobre lançamentos e resenhas de tênis. Na outra, leio a editoria policial do jornal local. Venço os minutos e me distraio da falta de clientes, mas não só: os tênis, o Nike Air Jordan 3 Retro acima de todos, organizam minhas ideias me dando um norte, um desejo, um objetivo a ser alcançado, e isso já traz algum alívio. Com os crimes é mais demorado. É preciso garimpar por meses reportagens sobre skatistas presos com baganas, padarias arrombadas durante a madrugada, ciclistas atropelados por caminhões de frutas, policiais recolhendo animais silvestres na piscina das mansões, crianças desaparecidas, brigas de trânsito que acabam em morte, brigas de vizinho que acabam em morte, brigas de torcidas que acabam em morte, brigas de casais em que a mulher acaba morta, para enfim encontrar o grande golpe, a fuga da penitenciária de segurança máxima, o assalto cinematográfico, enfim, a história do esmagado que fez algo grandioso, o que me restitui a esperança de que talvez até eu mesmo ainda tenha alguma chance. E então chega um cliente, talvez o primeiro do dia, e me pede um cappuccino, logo um cappuccino.

Consciente das suas limitações, o herói procura se aperfeiçoar para vencer as barreiras que o separam do seu objetivo, mas eu não sou o herói, sou o narrador. Ele vai chegar daqui a pouco, e eu passei os últimos anos da minha vida fazendo café, ciente de que não fazia isso bem e sem me esforçar para melhorar. Não sou um cara assim, digamos, muito empreendedor, nem sequer assisti àquele filme com o Will Smith, e sempre acreditei bem mais na sorte do que no trabalho. O problema é que nos últimos tempos não estive naquela fase iluminada em que, sempre que você chuta na trave, a bola acaba rolando para dentro do gol. Muito pelo contrário, as últimas bolas que perdi no ataque acabaram se transformando em gols do adversário. E aí, nesses momentos menos abençoados, a gente perde a confiança e encontra o medo de arriscar, e segue tocando a bola para o lado ou para trás, o passe mais fácil para o companheiro mais próximo, na tentativa de mostrar para todo mundo que está ali, sim, o que é apenas um jeito triste de esconder que deixou a alma em casa. E então, justo num dia desses, a freguesa de meia-idade faz questão de dizer que não é para cobrar os dez por cento de gorjeta porque não gostou do misto-quente.

Tudo bem ser um barista ruim. O ideal, nos momentos cinza, é não perder de vista os parâmetros indiscutíveis que ordenam a vida em sociedade. Se você é feio, vista-se bem, a beleza é relativa, mas um bom caimento de roupa é universal. Se você é um barista ruim, seja uma pessoa agradável; o sujeito tem que ser muito sem coração para preferir um bom espresso a uma boa conversa. Se você fizer o cliente sorrir, quem sabe ele nem perceba o gosto do grão velho. Chegue sempre no horário, esteja sempre limpo e espere o salário cair na conta no fim do mês.

O problema é que, além de um barista ruim, eu também sou sócio do café em que trabalho.

Então, enquanto erro a mão naquele espresso que vou vender por seis reais, os mil e quinhentos da locação da loja, os duzentos e sessenta e oito do condomínio, os seiscentos e trinta do aluguel da máquina italiana de espresso, os cento e pouco da luz, os mil e duzentos do salário da funcionária, mais trezentos de transporte, mais um terço dos dez por cento da gorjeta, mais os quatrocentos e oitenta reais do contador, me fazem lembrar dos cinco mil reais que já devo antes de o mês começar.

Meu nome é Danylton, tenho trinta e três anos e sou sócio de um comércio prestes a falir. Uma qualidade? Nunca me esqueço de um rosto. E mesmo naquele dia, saindo do cinema na semana do Natal, o shopping cheio como um estádio, quando vi uma mãe com olheiras, empurrando um carrinho de bebê com uma menina espernenando dentro, com outro pequeno no colo, amarrado no *sling*, e segurando com força a mão de um terceiro, maiorzinho, que parecia tentar fugir em meio à multidão, e por isso a mãe gritava com ele, enquanto o marido, forte e tatuado, ia à frente, uns três ou quatro passos, e mexia concentrado no celular, bastou uma troca de olhares de um segundo para que eu reconhecesse a Sabrina, antiga colega da escola que há mais de vinte anos eu não via, para quem eu tinha dedicado tantos pensamentos na infância e no começo da adolescência e depois procurado, sem sucesso, no Orkut, no Facebook, no Instagram, e quando eu ia cumprimentá-la, consegui ver uma marca roxa no seu braço, escapando por baixo da manga da camiseta, e então pensei que talvez as olheiras nem fossem olheiras e preferi seguir meu caminho em silêncio.

Ah, mas ela foi sua paixonite, claro que você se lembraria dela, poderia argumentar um opositor, mas então eu contaria para ele algum caso sem importância, como quando fui ao cartório reconhecer firma para alugar a quitinete e percebi que o rapaz que me atendia, eficaz e gentil, era o mesmo que alguns meses antes tinha emparelhado o carro ao lado do meu, tentado me jogar para fora da pista, levantado os dedos polegar e indicador como se fossem um revólver e apontado para a própria cabeça, dizendo que ia se matar, mas querendo dizer, acredito, que ia me matar, e quando eu disse para ele que no trabalho ele era tão calmo, ele me olhou sem entender nada e agradeceu constrangido, e então sorri e perguntei se ele ainda estava aprendendo a dirigir e ele ficou em completo silêncio, o sorriso automático de boneco de cera foi se desfazendo devagar, e assim que percebi que ele começava a temer, lá no fundo, algum tipo de loucura que é sempre um risco para quem trabalha com atendimento ao público, e eu trabalho com atendimento ao público e consigo reconhecer esse medo, eu agradeci pela presteza, e disse tchau, cuidado, e falei cuidado bem baixinho, e depois de dez passos, ainda dentro do cartório, olhei para trás e ele ainda me olhava, e nesse dia fui para a quitinete que tinha alugado por um preço maior do que conseguiria pagar me sentindo muito satisfeito, quase feliz, e jamais voltei àquele cartório.

Então quando aquele homem de quarenta e poucos anos passou na frente do café, de calça jeans, sapatênis preto, camisa azul de mangas compridas, bem passada, dobrada abaixo dos cotovelos, o cabelo recém-cortado, na régua, com um topete discreto, levando numa das mãos o capacete da moto e na outra duas folhas de papel, eu, mesmo tendo se passado vinte anos, o reconheci no mesmo segundo. O finado Lilico.

***

Minha mãe tinha medo de bandido. Nossa casa sempre teve duas fechaduras de chave tetra, uma acima e outra abaixo da maçaneta. Ela dizia que não tinha como escapar de ladrão, o máximo que dava para fazer era colocá-lo para trabalhar dobrado, torcendo para que assim ele desistisse. Andando na rua, olhava para a frente sem nunca deixar de se concentrar na visão periférica, atenta para antever a ameaça que viria pelos lados. De dez em dez passos virava o pescoço para trás, para não ser surpreendida pelo agressor sorrateiro que vem pelas costas. Escondia um pouco de dinheiro no sutiã, um pouco na meia, um pouco no maço de cigarro, mas fazia questão de deixar algumas notas na carteira, para não tirar tão do sério o ladrão que estava para chegar.

Meu pai tinha uma arma. Uma bela pistola calibre 22, cromada, cabo de madeira, cabia na palma da mão. Ele comprou de um cigano que estava de partida para o Tocantins e deu de presente para o meu avô, que morava na roça. Poucos meses depois, o velho trocou a pistola por uma porca prenhe. Não planejava atirar em ninguém e gostava muito de um torresminho carnudo. Se a porca fosse boa parideira, em três meses teria doze leitões. A longo prazo, com a graça de Deus, quem sabe começava uma pequena granja. Meu pai ficou muito ofendido quando descobriu. Viajou até a casa do meu avô, encontrou o pastor que havia comprado a pistola e pagou quase o dobro do que gastara na primeira compra. Para fazer valer o investimento, decidiu ficar com ela. Na cidade grande, carne de porco se compra no açougue, e quase sempre se encontra utilidade para uma arma.

***

Fui assaltado num domingo, três dias depois de completar onze anos de idade. Eram dez e dezessete da manhã e eu estava sentado no meio-fio na frente do bar do Odilon, no térreo do prédio em que eu morava, tomando um guaraná Baré com os amigos depois de jogar futebol. Um adolescente musculoso, de queixo quadrado, cabelo cogumelo de fios longos, olhos verdes e maus, se aproximou montado na sua bicicleta pequena, pedalando devagar, em ziguezague, e perguntou as horas. Eu era o único que tinha relógio, presente de aniversário, mas antes que pudesse dizer dez e dezessete senti o jato do gás de pimenta cortando meus olhos, o pulso apertado até os ossos, o solavanco no braço estalando o ombro, a unha rasgando minha pele enquanto ele não conseguia estourar a pulseira de borracha do Casio Data Bank com agenda telefônica. Eu, cego, tossia e me debatia, ele me estapeava a cara e puxava meus cabelos, sem nunca desistir de arrancar meu braço pela articulação, talvez por achar que meu desespero fosse uma tentativa de reagir ao assalto. Foram longos segundos até que, ao perceber que meus amigos já haviam fugido, achei uma brecha e corri. Meu pai, que tinha acabado de abrir a primeira cerveja para assistir à Fórmula 1, foi até a janela por causa dos gritos, reconheceu o filho lá embaixo e alguns segundos depois estava na minha frente, descalço, sem camisa, vestindo apenas um short azul e a pistola 22, cromada, com o cabo de madeira.

    Eu não parava de chorar e não conseguia articular as frases, ele me segurava pelo ombro e repetia, cadê, quem foi, cadê, quem foi, e sacudia a mão com a pistolinha, e à nossa volta ia se formando um círculo de curiosos, vizinhos do prédio, cachaceiros do boteco, um ou outro caminhante que estava passando por ali e decidiu averiguar. Eu não entendia nada do que meu pai me perguntava e já nem sabia se chorava de dor, medo ou vergonha, até que o Odilon se aproximou e me deu um doce de abóbora e cochichou algo no ouvido do meu pai, que parou por um segundo, balançou a cabeça em negação, se afastou de mim e olhou para o dono do bar mais uma vez, e o Odilon, com seu olhar compassivo, reafirmou calado o que já havia sussurrado antes, e então meu pai se acalmou, enfiou a pistola na cintura, me fez um carinho na cabeça, pegou minha mão e me guiou até a portaria, subiu as escadas me amparando e me sentou no sofá, diante da televisão, e eu ouvi Galvão Bueno torcendo por Jacques Villeneuve contra Michael Schumacher, e meu pai me enxugou as lágrimas, perguntou se eu conseguia abrir o olho, tentei, não consegui, ele foi até a cozinha e preparou água com açúcar e me deu para beber, eu dava goles pequenos e lutava contra o enjoo quando minha mãe chegou da missa, e não perguntou nada porque alguma vizinha já tinha contado tudo, me deitou no colo e mandou que meu pai preparasse um balde com água filtrada e todo o gelo da casa, e ele voltou com o balde e ela me mandou mergulhar o rosto e abrir os olhos lá embaixo, e eu fiz isso uma, duas, mil vezes, ela me fazia cafuné e ele me fazia a promessa de me dar outro relógio, e nenhum dos dois me contou que o ladrão era o filho predileto de um escrivão da polícia civil muito conhecido no Núcleo Bandeirante.

***

O bairro era pequeno. No centro, uma praça com três construções modernistas e deterioradas, mais antigas do que a cidade: a Igreja de São João Bosco, o Mercadão e a Administração Regional. Na praça, alguns bancos de cimento em que casais namoravam, bêbados dormiam, garotos dividiam o primeiro cigarro enquanto apostavam no jogo do palitinho. O amplo espaço vazio, entre os bancos e as instituições, recebia as quermesses, os campeonatos de som de carro, o circo com leões banguelas, anões que engoliam espadas e macacos pilotando motos no globo da morte.

Em volta da praça, quatro ruas mais largas, chamadas de avenidas. Nas avenidas, edifícios de quatro andares, no térreo sempre uma loja. Perpendiculares a elas, conjuntos de casas geminadas, pequenos sobrados. No lado sul, o setor rural, onde ficavam as chácaras que plantavam hortaliças, o lava-jato e o centro de macumba. Ao norte, a maior rodovia da cidade, caminhões cheios de soja, ônibus cheios de gente, carros cheios de pressa, ciclistas atropelados por caminhões de frutas. Atravessando a pista, os motéis e, na porta deles, traficantes, prostitutas e michês, esperando. Era a época da merla, e por isso era comum ver alguns jovens, já sujos, mas ainda não mendigos, caminhando, a noite toda e todas as noites, com os olhos fixos no chão à procura da pasta remanescente em alguma latinha usada.

Nesse bairro pequeno, cheio de comércio, quase todas as lojas pertenciam a uma mesma família, os Santos, até mesmo os motéis e postos de gasolina, pelo menos era isso o que os adultos especulavam, aos sussurros. Todos conhecíamos os Santos e também uns aos outros, pelo menos de vista. Os velhos adoravam essa estrutura comunitária, repetiam com orgulho que moravam numa cidade de interior dentro da capital do país, e se o filho comprasse um baseado ou, Deus me livre, beijasse outro menino ou decidisse fazer uma tatuagem, era certo que seria visto e caguetado por algum conhecido, e se o deslize fosse maior, roubar quem não devia, beijar a filha de quem não devia, vender um baseado para quem não devia, cheirar cola, dormir na rua, atrasar três meses de aluguel, isso chegaria aos ouvidos do doutor Santos, e ele, abençoado, saberia como restituir a ordem no bairro.

***

O Gilson era seis anos mais velho do que eu e dezoito anos mais novo do que minha mãe, irmã dele. Ele veio morar conosco depois que minha avó, num momento de raiva, queimou seu peito com o ferro de passar roupa. Gilson ganhou o apelido de Peitinho, eu ganhei um irmão mais velho e, com ele, um grupo de amigos barbados. Entre eles o Cleyton, que teve a sorte de ser o sobrinho predileto de uma sacoleira que lhe trouxe um Playstation 1 do Paraguai.

Ele nem gostava tanto de videogame, mas como era um bom amigo, avisou que qualquer um dos nossos que quisesse jogar era só ir à casa dele. A portinha lateral estava sempre aberta, dando acesso à área de serviço em que, entre a gaiola com a arara azul e o varal com as roupas estendidas, ficava o sofá de dois lugares, amarelado pelo tempo, com mais madeira do que espuma, diante da televisão de catorze polegadas conectada ao videogame. A gente entrava, sentava no sofá, ligava a tevê, o Playstation e pronto. Quando ele estava em casa, sentava ao nosso lado e jogava umas partidas, não muitas, só por ser um bom anfitrião, e depois voltava para o quarto para desenhar. Sara, sua irmã mais nova, gostava e jogava bem, em especial *Silent Hill* e *Medal of Honor*, mas apesar de ter mais direito ao videogame do que qualquer um dos garotos ali sentados, quase sempre tinha que esperar a vez, ficar para a próxima, ser passada para trás, e aí ficava lendo Sidney Sheldon enquanto esperava por horas de *Cool Boarders*, *Winning Eleven* e *Tony Hawk* até ter a chance de resolver seus mistérios enquanto atirava em zumbis ou soldados inimigos.

Em busca das neves do Kilimanjaro, para descer o monte a trezentos quilômetros por hora, fazendo as mais alucinantes manobras em cima de uma prancha de madeira, eu fui à casa do Cleyton naquela tarde seca, em 1999.

Duas ruas antes de chegar ao videogame, comecei a ouvir gritos. Para, para, filho da puta, vai matar, vai morrer, pelo amor de Deus, vou te matar, arrombado. Meu instinto principal, que é o da fuga, me fez parar e considerar voltar para casa, mas meu pecado principal, a preguiça, me convenceu de que eu merecia pelo menos um copo d'água antes da caminhada de quinze minutos de volta, ainda mais naquele calor de trinta e cinco graus com uma umidade relativa do ar abaixo dos dez por cento. E então fui seguindo meu caminho, devagar, e a cada passo que dava os gritos ficavam mais altos, minhas pernas mais moles, as piscadas mais longas e a garganta mais seca, mas também crescia a curiosidade, e eu me vi precisando saber a história daqueles urros como se disso dependesse minha vida. Então segui.

    Entrei na rua do Cleyton e dei de cara com uma roda de uns seis moleques, mais velhos do que eu, organizados em círculo, desesperados. Gritos, um passo para a frente, um passo para trás, a mão na cabeça, um chute, passos rápidos para trás, guarda levantada, gritos, sempre gritos, sem parar. No centro da roda, um garoto estava montado em cima de outro, distribuindo socos, cotoveladas, cabeçadas, mordidas e cusparadas no rosto já todo ensanguentado e disforme de um oponente que parecia desacordado, talvez até mesmo morto, e era para salvar a vida do amigo, ou pelo menos encerrar a profanação do cadáver do amigo, que os seis moleques, organizados em círculo, gritavam, pulavam, tentavam dar chutes e socos, mas não conseguiam, pois bastava que o agressor, inexpressivo e silencioso, os olhasse para que, mesmo em maioria, dessem um passo para trás e voltassem a gritar e levantassem a guarda de novo, e nas raras vezes que um dos seis vencia o horror e acertava um golpe no espancador, no mesmo instante ele largava o corpo e se levantava e corria em direção ao inimigo que o tocara e lhe acertava um soco, um chute, uma joelhada, e enquanto isso os cinco agredidos tentavam retirar o espancado, ou o corpo do espancado; mas, assim que percebia essa movimentação, o agressor corria para eles, e os cinco não tinham opção a não ser soltar o amigo destroçado no chão mais uma vez, e então mais uma vez o espancador se ajoelhava em cima dele e o esmagamento recomeçava e bem na hora que eu passava, lá pelo outro lado da rua, beirando o portão das casas da frente, e que por uma curiosidade mórbida decidi olhar uma última vez para o massacre, bem nessa hora eu pude ver o atacante, montado sobre o oponente, pôr as mãos atrás dos ombros do garoto morto ou quase, erguê-lo a um metro do chão e enfiar a cabeça dele no asfalto, e ouvi aquele barulho oco, duro, da nuca batendo no calçamento, seguido da explosão de um choro coletivo, gritado, urrado, amaldiçoador, muito, muito alto, e só então eu notei que todos os vizinhos estavam prostrados na frente das suas casas, assistindo àquilo como se no Coliseu, e quando ouvi pela segunda vez, já sem olhar, o inconfundível barulho de uma cabeça se arrebentando no concreto, passava bem diante da famosa casa do portão vermelho e quase pisei no pé da velha de mais de cem anos que, vidrada na cena, fazia o sinal da cruz e repetia baixinho pé-de-pato-mangalô-três-vezes, pé-de-pato-mangalô-três-vezes, e então eu apertei o passo e cheguei à última casa, na esquina com a avenida, a casa do Cleyton.

    Fui direto para a portinha do videogame. Estava trancada. Bati palmas com minhas mãos geladas, ninguém respondeu. Pisquei por longos segundos e ainda ouvia, lá no fundo, gritos de dor, de ódio, de medo. Gritei Cleyton e a voz saiu fraca, a garganta seca, fechando. Tentei outro grito, ainda sem voz. Depois de outra piscada que me mergulhou numa escuridão decorada por dezenas de pontinhos luminosos, comecei a correr, apesar das pernas falhando. Pela avenida, é claro, para não ver nada daquilo de novo.

***

Poucos dias depois, contei essa história para os meninos, mas eles, para minha surpresa, não se mostraram tão chocados quanto eu. O Lilico é gente boa, mas sente muita raiva, disse o Cleyton, que o conhecia desde pequeno. Moleque é casca-grossa mesmo, disse o Gilson. Foi um choque geracional e um golpe na minha masculinidade em formação: como assim esses moleques não se assustam com a história que acabei de contar? Quando eu for mais velho, também terei mais estômago? Será que são mais machos do que eu? Será que eu não soube contar do jeito certo? Torci para que estivessem mentindo, simulando uma frieza que não correspondia ao que de fato sentiam para, sei lá, posarem de durões. Seja qual fosse a causa, uma consequência me parecia óbvia: eu deveria ter mais cuidado sobre o que falava com os meninos para não correr o risco de parecer assustadinho ou, pior ainda, um contador de histórias chato. Mas também não podia simplesmente calar minha vontade de contar. Decidi passar a anotar tudo que me parecesse dar um bom filme. E então outros problemas me apareceram.

***

Na escola, eu tirava notas boas o suficiente para não ficar de recuperação. Não que fosse dos alunos mais dedicados, daqueles capazes de manter a concentração e o bom comportamento dentro da sala de aula e honrar os compromissos com o dever de casa, o reforço, o estudo antes das provas. Minha sorte era que naquelas horas que eu passava dentro da escola, de alguma maneira – que não sei como explicar – uma parte suficiente dos conteúdos entrava e se assentava na minha cabeça. Era sorte, não trabalho. O que contribuía para isso, vejo hoje, era o fato de que eu não tinha nada para ocupar o espaço vazio na minha cabeça. Não existia internet nem tevê a cabo em casa, eu ainda não pensava em garotas e, principalmente, não tinha o péssimo hábito de anotar todas as histórias que me parecessem interessantes.

Três desses quatro pilares fundamentais da minha disciplina, e que garantiam uma boa formação escolar – que acarretaria, indubitavelmente, num futuro bem-posicionado no mercado e, portanto, feliz –, começaram a ruir ao mesmo tempo.

Em 1999, meus pais assinaram a TVA que, creio, era a sigla de Televisão por Assinatura. Conheci, então, a MTV. Passava horas e horas deitado no sofá, assistindo aos clipes, prestando atenção nas roupas incríveis dos VJ's, nos gestos, no jeito paulista de falar sobre rock. E nos sorrisos, nos cabelos, no charme e nos peitos das VJ's. Quando eu não estava assistindo, na sala, estava no banheiro, lembrando. E a cada videoclipe que eu achava bom, escrevia uma continuação: misturei o roteiro do clipe de "Jeremy", do Pearl Jam, com "Another Brick in The Wall", do Pink Floyd, e escrevi que, em vez de matar seus colegas, o Jeremias conseguia convencê-los de usar a energia que gastavam em humilhá-lo numa revolução escolar contra o verdadeiro inimigo, o sistema, os adultos. Ou seja, quando eu chegava à escola, não estava mais com a cabeça vazia, mas repleta de peitos, videoclipes e histórias a escrever. Minhas notas medianas despencaram.

Certo dia, durante a aula de Biologia, eu estava tão concentrado nas minhas anotações que não escutei a professora Vandete me chamando. Os colegas depois disseram que ela falou meu nome três vezes, e só então veio caminhando até minha mesa. Tampouco ouvi seus passos. Fui surpreendido quando ela tomou o caderno das minhas mãos. Antes de ler, ainda teve a sordidez de me perguntar o que diabos eu estava anotando, uma vez que ela não passara nada no quadro. Não tenho como me lembrar do que respondi, mas também não tenho como esquecer que a resposta não foi boa o suficiente para ela. Desesperado, implorei para que me devolvesse o caderno, acreditando que se fizesse muito estardalhaço conseguiria convencê-la a me entregar meus escritos antes de lê-los. Invoquei meu direito à privacidade, versei sobre a condição de aluno oprimido por esse sistema feito pelos adultos para enjaular as crianças. Tudo isso num tom de voz mais alto do que deveria, quase gritando. Naquele momento, eu estava disposto a ser expulso do colégio, ou até mesmo preso, desde que não lessem o que eu estava escrevendo. Não consegui. Vandete abriu meu caderno e, enquanto a turma fazia um "viiiiixe" em uníssono – som muito utilizado, então, pelas crianças, diante da iminência de ver um colega se fodendo –, ela lia meu texto em silêncio. Depois dos longos segundos em que invadia minha privacidade e a turma comemorava o abuso, Vandete fechou o caderno de uma vez, fazendo um grande barulho, me pegou pelo braço e me tirou da sala, pisando muito duro no chão, para que não restasse nenhuma dúvida de que estava mesmo brava. Vixe.

Apertando meu braço gordinho com força, a professora atravessou o pátio da escola e me levou à tão temida Sala da Advertência. Um cômodo de inquisição sem janela, nem mesmo um basculante para correr um ar. Os únicos móveis do lugar eram uma mesa enorme, de reunião, com capacidade para umas dez pessoas, com três cadeiras grandes, de couro e aço, de um lado, e uma cadeira pequena, de madeira, bamba, desconfortável, do lado oposto. Um ventilador de teto, sempre parado, acumulando poeira. Na parede à esquerda, quatro ou cinco gabinetes de ferro, pesados, enferrujados, onde imaginávamos que ficava a capivara de todos os alunos que passaram pela escola em todos os tempos. Todos os crimes, os pensamentos mais sórdidos, os piores medos e as maiores vergonhas: cada aluno desafortunado teria seu dossiê particular, sua ficha corrida, dentro daquelas gavetas. E se um dia algum daqueles alunos virasse alguém, o que nunca havia acontecido antes, bastaria ao seu adversário descobrir aquela câmara da infâmia e tudo estaria acabado.

Vandete me jogou na cadeira dos humilhados e saiu da sala levando meu caderno. Segui gritando meu protesto, diante do silêncio cúmplice daquelas paredes, agora com a voz já falhando pelo choro que subia da garganta, mas que eu pelejava para não deixar sair pelos olhos: eu não fiz nada de errado, o que eu fiz? Eu estava calado, na minha, de cabeça baixa, escrevendo. Qual é o problema de escrever? Isso é uma escola, professora! É proibido escrever agora? Hein? Responde, responde!

Vandete voltou acompanhada de Miriam, a diretora da escola que estava no cargo havia mais de vinte anos e era conhecida por gritar com todos os estudantes, a qualquer momento, pelo menor motivo, e também pelos seus peitos suculentos, e de Virgínia, a vice-diretora, de cabelos cacheados, linda, muito mais jovem, calma e agradável do que a primeira, porém súdita daquela.

Entraram na sala em silêncio e, quando eu ia recomeçar com meu discurso pelos direitos da criança, Miriam fez um psiu altíssimo, pondo o dedo indicador na boca e me encarando com olhos esbugalhados. Calei. Miriam sentou-se na cadeira do meio, Virgínia à sua esquerda, Vandete à sua direita. Eu estava na frente de Miriam e tinha que fazer muita força para olhar para o seu rosto, e não para o seu decote.

Em silêncio absoluto, Vandete abriu meu caderno e o entregou a Miriam. A diretora começou a ler e, em menos de dez segundos, já estava balançando lentamente a cabeça em negação, em trinta segundos parou a leitura para me olhar nos olhos, furiosa, depois voltou à ficção e, em um ou dois minutos, terminou de ler, sempre balançando a cabeça, desaprovando. Em silêncio, passou o caderno para Virgínia.

Virgínia demorou mais tempo para ler. Não esboçou nenhuma reação. Quando terminou, ao ver que estava sendo fitada por Miriam, balançou de leve a cabeça, para deixar claro que também desaprovava aquelas palavras. Depois, num lapso de segundo, olhou para mim e esboçou um sorrisinho de canto de boca. Vandete, que costumava ser tão sexy em seu jaleco branco, suas unhas vermelhas, seu cabelo tingido de loiro, mas não as raízes, que continuavam pretas, parecia outra pessoa: sisuda, magoada, traída, me olhando com um misto de raiva e decepção.

Miriam se levantou sem dizer uma palavra e saiu da sala. Vandete voltou para a turma, indo retomar sua importante aula sobre as gimnospermas. Virgínia seguiu Miriam e, alguns minutos depois, voltou e me deu uma satisfação: ligamos para os seus pais, eles estão vindo.

Todo esse auê por um simples conto realista, direto, duro, sem meias palavras, talvez um pouco exagerado na descrição, em que um aluno de doze anos faz uma orgia com três professoras, uma loira de unhas vermelhas, uma balzaquiana de cabelos cacheados e pernas grossas e uma que, apesar de muito brava, tinha os seios mais perfeitos que existiam. O aluno engravida as três na mesma noite e então é coroado o primeiro Rei da Escola, dando início a um sistema político em que os estudantes são ouvidos.

Meus pais sempre me defenderam na escola. Nunca tive medo de que ficassem do lado dos professores, e não do meu. Por mais que não gostassem de alguma atitude que eu tomei, brigariam comigo em casa, jamais na frente dos outros. Minha única preocupação era com a possibilidade de que mais dois leitores indevidos lessem minha obra sem minha autorização.

Miriam, muito mais agradável com os pais do que com os alunos, disse a eles que estava preocupada comigo, que minhas notas haviam piorado, assim como meu comportamento. Que nos últimos tempos diversos professores haviam comentado que eu estava atrapalhando muito as aulas com conversas paralelas, em geral com garotas, e que, às vezes, tinha até um comportamento indevido com elas, forçando toques inconvenientes, tentando estabelecer algum contato físico, um carinho no pescoço, um pé roçando a batata da perna, em alguns momentos mais ousados até mesmo uma mão no joelho. Minha mãe, que também era professora, logo disse não ver mal nenhum nesse comportamento, que todas elas ali presentes, como boas educadoras que eram, sabiam que, com a chegada da puberdade, os hormônios entravam numa festa incontrolável. Meu pai assentiu com a cabeça: também achava tudo dentro da normalidade. E foi então que a sórdida Miriam abriu meu caderno e mostrou aos meus pais o que eu havia escrito. Enquanto eles liam juntos, em silêncio, eu me encolhia na cadeira. Ao terminar, minha mãe manteve seu argumento:

para ela estava tudo normal, era a adolescência. Meu pai olhou para o papel, olhou para as professoras, olhou para o papel mais uma vez, depois para as professoras, e então começou a rir, tentando disfarçar, ao perceber que estava diante de duas das homenageadas. Eu não parava de olhar para a Virgínia: se ela sorriu mesmo para mim, não seria um sinal de que eu teria uma chance? Não poderíamos viver um romance maior do que toda essa hipocrisia da sociedade? Quem disse que o amor reconhece diferença de idade? Miriam se decepcionou com a atitude dos meus pais, que não viram gravidade no meu ato, e disse que mesmo assim teria que me dar uma advertência. Minha mãe assinou na hora, meu pai perguntou se poderiam aproveitar que já estavam ali e me levar para casa, faltava apenas meia hora para a aula acabar e assim poupariam a viagem. A Miriam fez cara de quem não acreditava no pedido, mas permitiu. Eu voltei à sala e humildemente pedi permissão à professora Vandete para recolher meu material. Ela perguntou se fora suspensão e eu disse que não, só uma advertência, mas meus pais já me levariam embora. Antes de sair da sala, tive a impressão de que ela me olhou e lambeu os lábios. Entrei na Brasília do meu pai duplamente preocupado: como me defender da bronca e como esconder a ereção.

    Minha mãe quebrou o silêncio: filho, tá tudo bem, não vamos brigar, a gente já teve sua idade. Mas na escola é para prestar atenção na aula. Escreve suas coisas de tarde, de noite, quando estiver em casa. Meu pai aproveitou para falar que eu andava vendo televisão demais, e que se minhas notas continuassem ruins ele tiraria a televisão a cabo. Como ficou mais barato do que eu previa, e eles nem sequer tocaram no assunto que mais me preocupava, que era o conteúdo do texto, não reclamei e prometi que ia melhorar. Ainda no carro, tirei meu caderno da mochila e, sem que eles percebessem, anotei "sorrisinho de canto da boca", "lambendo os lábios", "em cima da mesa de reunião" e outras imagens que acrescentaria ao texto que fora injustamente exposto antes ainda de finalizado.

***

Um minuto depois de ver o Lilico, liguei para o Cleyton, que não me atendeu. Eu não tinha como saber naquele momento, mas deveria ter ligado para a Sara, irmã dele. Depois da quinta ligação caindo na caixa postal, larguei o café sozinho e fiz a única coisa que me restava: fui correndo à papelaria comprar um caderno. Quando voltei, tinham roubado minha caixinha de som que tocava aquele jazz de elevador para entreter a hipotética clientela.

Tudo bem ser um barista ruim e um empresário quase falido. Acontece que minha sócia, que passou um longo período idealizando e montando o negócio e que investiu todas as suas economias no projeto, mas que não pôde tocá-lo no dia a dia da maneira como esperava porque foi chamada para assumir um cargo num concurso público que tinha prestado muito tempo atrás, era também minha esposa.

***

A Natália chegava sempre no fim da tarde, depois de cumprir seu expediente na repartição em que trabalhava. Suada, com olheiras, engolia alguma coisa, vestia o avental e começava a operar a máquina de espresso, servir mesas, fechar contas. O melhor momento do meu dia era quando ela passava para o lado de cá do balcão e assumia a responsabilidade. Para ela, imagino, devia ser o pior: das oito às dezoito trancada naquele prédio velho e abafado, atendendo ao público, afogada em relatórios, planilhas, balancetes. Depois de um ônibus cheio, chegava ao café e trabalhava até as dez da noite. Às onze, abria a porta de casa e provavelmente as louças estavam sujas, ou a cama desarrumada, ou a comida esquecida em cima de fogão, ou o lixo orgânico em cima da pia transbordando cascas de laranja que atraem formigas que atraem baratas. Tudo isso graças a algum vacilo meu. Então ela brigava comigo e eu respondia que não fui eu que inventei de abrir o café, dormíamos sem nos falar e acordávamos no outro dia dizendo apenas o mínimo necessário. E mesmo sendo os três salários-mínimos que a Natália ganhava que sustentavam a ela, a mim, à nossa casa e ao nosso café deficitário, eu seguia me sentindo injustiçado por estar gastando meus dias em algo que não idealizei.

Naquele dia, ela chegou no mesmo horário de sempre e antes de me dizer oi já perguntou o que tinha acontecido com o som. Roubaram, respondi. Ela entendeu que tinha sido um assalto e, preocupada, perguntou se eu estava bem, se a Rosa estava bem, se alguém tinha se ferido. Contei que estávamos todos bem; que, enquanto a Rosa foi levar o lixo para fora, acabei deixando o café sozinho por três minutinhos e que nesse tempo o ladrão se aproveitou e roubou a caixinha de som. Ao ser perguntado sobre os motivos que me levaram a abandonar o café durante o horário comercial, gaguejei e comecei a contar a história do Lilico. Ela me olhava impassível: parecia que sua paciência enfim havia se esgotado. Então você voltou a escrever, disse decepcionada. Percebendo isso, me fiz de vítima, tentei reverter a discussão para o já utilizado foi você quem inventou essa merda. A Rosa ouvia tudo da cozinha, e isso me envergonhava. Minhas desculpas não colaram e tive que dormir no sofá.

Antes de pegar no sono, passei para o caderno toda a história que não comoveu Natália. Pensei, otimista, que a falta de fregueses me ajudaria a transformar aqueles acontecimentos num grande livro, que bastava usar todo o tempo livre que costumava gastar na internet para escrever aquela história. Quando o livro fosse lançado, a Natália entenderia tudo e viveríamos felizes para sempre.

***

O café deve estar aberto ao meio-dia. Para que isso aconteça, preciso chegar às onze e meia, no máximo. Infelizmente, é nessa hora que costumo me levantar da cama, assustado. Sem tempo sequer para escovar os dentes, visto uma calça por cima da samba-canção de dormir e saio correndo com a minha caneca, desesperado, ultrapassando pela direita, furando os sinais vermelhos, derramando café na coxa, como um piloto de fuga. Chego às doze e dez, doze e quinze. A Rosa já está lá, sentada no meio-fio, entediada, me esperando. Faço tudo correndo e, no melhor dos cenários, consigo abrir as portas lá para o meio-dia e meia, com a máquina do espresso ainda fria e desregulada. Quando aparece um cliente nesse horário querendo tomar um café, acabo tendo que servir a bebida menos quente e encorpada do que deveria. Quando um desses desavisados volta, recebo como se fosse uma segunda chance e sinto como se já fôssemos amigos.

VER PRA CRER

No dia da aparição do Lilico, dormi mal. Não por causa do sofá, o que nunca foi um problema. Eu não conseguia era parar de pensar no personagem que caíra no meu colo, em como ele afetou a história da minha família, dos meus amigos e, de certa forma, até mesmo do meu bairro, e que agora poderia servir de inspiração para concretizar meu destino ainda não consumado de escritor.

Quando a Nat se levantou, às quinze para as seis da manhã, eu ainda estava acordado e tive que fingir que dormia. Ouvi todos os seus movimentos: passos até o banheiro, barulho do xixi, barulho da descarga, silêncio, barulho do chuveiro. Passos até a pia da cozinha, barulho de água, barulho de porta de geladeira abrindo, barulho de porta de geladeira fechando. Barulho de água enchendo a chaleira, silêncio, barulho do acendedor elétrico, barulho da chama acendendo, barulho da chaleira batendo na grade do fogão, silêncio, passos em direção ao banheiro, barulho de porta fechando, silêncio, barulho de água fervendo, barulho de porta abrindo, passos, barulho de armário abrindo, barulho de pote sendo arrastado, barulho de armário fechando, pote em cima do mármore, pote abrindo, silêncio, silêncio, silêncio, silêncio: cheiro de café preenchendo todos os vinte e três metros quadrados da quitinete.

Depois que a Natália saiu, esperei uns cinco minutos para ter certeza de que ela não voltaria e me levantei. Fui correndo à garrafa térmica, mas pela primeira vez ela não tinha deixado café para mim. Sinal de que minha cota de vacilos estava mesmo chegando ao fim. Lamentei minha sorte e passei eu mesmo um café. Aproveitei as muitas horas que me sobravam e, querendo dar uma limpada na minha barra, talvez inspirado por aquilo que os esotéricos chamam de o prana da manhã, comecei a fazer uma faxina. Tirei o pó de todos os móveis, varri e passei pano na casa inteira. No banheiro, esfreguei o vaso e o chão do box. Na pia, dei um show: lavei todas as louças e a cuba, sequei o inox até que ficasse reluzente. Troquei as roupas de cama do quarto e acendi um incenso. Estava disposto a convencê-la, com minhas nobres ações, de que eu não era um caso perdido. Fiz macarrão com sardinha, almocei, fumei um cigarro assistindo ao programa de culinária do Edu Guedes. Tomei um banho longo e relaxante e parti com tranquilidade para o café.

Cheguei às onze e vinte. Liguei a máquina de espresso, fui à cozinha e liguei o ar-condicionado. Tirei as oito mesas que estavam empilhadas no banheiro, uma por uma, e as levei para fora. Fiz o mesmo com as vinte e quatro cadeiras, dispondo três em cada mesa. Fui à dispensa e fiz algo que nunca havia feito: peguei o óleo de peroba, uma flanela e lustrei os móveis. Me sentindo muito bem, coloquei um *ska* uruguaio para tocar no computador, e foi só então que me lembrei de que a caixinha de som tinha sido roubada. Mesmo triste, não esmoreci. Fui à regulagem da máquina e consegui deixar o café o melhor possível – levando em conta minhas limitações técnicas e de paladar. Quando a Rosa chegou, o café estava aberto. Ela sorriu em silêncio e pude perceber sua surpresa e aprovação. O astral estava ótimo.

Não aparecia nenhum cliente, então aproveitei para abrir meu novo caderno de anotações e registrar os acontecimentos recentes. Foi quando o Cleyton me ligou em resposta ao telefonema do dia anterior:

Fala, velho, me ligou ontem, né? Foi mal, não rolou de atender.

Tranquilo, pô, criança pequena, tô ligado.

Pois é, maior correria aqui, mas fala tu, o que tu quer?

Bicho, você não vai acreditar, ontem eu vi o Lilico.

O Lilico?

Sim, o Lilico.

Tá viajando, Dany, o Lilico tá morto.

Tá não, fi, ele passou aqui na frente do café ontem.

Impossível, viado, você tá confundindo. É esse teu olho ruim.

Teu cu.

Tá vendo espírito.

Nem brinca.

Nem brinca com quê?

Fantasma.

Ai, ai.

Mas é sério, Cley, o Lilico passou aqui na frente ontem, todo arrumadinho.

Não viaja, véi, ele tá morto, você acha que os caras iam deixar ele escapar?

Bicho, tu viu ele morto? Não, né, ninguém viu, só quem viu ele fui eu, e eu vi ele vivo.

Impossível, Dany, impossível. Tu não lembra da guerra, velho, da confusão dos caralhos, do pai dele na televisão?

Claro que lembro, porra, por isso que eu te liguei.

Tu tá viajando, mas foda-se. Diga lá, o que tu quer?

Pô, liguei pra te contar, queria ver se tu não me contava um pouco mais dele, né, você conheceu ele desde pequeno e eu só vi duas vezes na vida.

Contar o quê, doido? O que tu quer saber?

Sei lá, como ele era, tô pensando em escrever alguma coisa.

Ih, caralho, lá vem.

Sério, Cley, fala aí, como que ele era?

Era um moleque massa, mas era muito brabo, né, disso você lembra, foi por isso que mataram ele.

Tá vivo, Cleyton, eu vi o cara, pô.

Tá porra nenhuma. Aí, tenho que desligar.

Bora tomar um negocinho mais tarde?

Hoje não dá, tenho que entregar um trampo e o bebê tá com dente nascendo.

Bora amanhã então?

Vamos ver, me liga... ô Dany.

Diga.

Fala com a Sara.

Falar o quê?

Ela não escreveu uma matéria sobre os vinte anos da confusão lá?

Tô sabendo não.

Pois é, escreveu, fala com ela, acho que tem uns três meses isso.

Pode deixar, vou falar, valeu demais.

Quando desliguei, recebi no WhatsApp uma mensagem da Natália: precisamos conversar. No mesmo momento, chegou o primeiro cliente do dia. Ele tinha uns vinte e cinco anos, bigode com as pontas para cima, camisa florida, MacBook debaixo do braço. Parecia um maldito amante de café. Fui atendê-lo. Pediu um espresso curto, um copo de água da casa e a senha do Wi-Fi. Era mesmo um amante de café. Tirei o espresso e ele caiu nos exatos vinte segundos: ponto para mim, a máquina estava bem regulada. A crema não ficou tão espessa, mas tudo bem. Levei à mesa e voltei para o computador. Outros clientes foram chegando e, num curto espaço de tempo, todas as mesas estavam ocupadas. Os pedidos se sucederam sem intervalo. Ouvi algumas reclamações, é claro, inclusive uma senhora que me pediu garfo e faca para comer uma *bruschetta* e, quando eu levei os talheres, ela reclamou que não estavam polidos. Humildemente levei os talheres para a cozinha e os poli com esmero, mas pelo visto não foi o suficiente, pois, na hora que fechou a conta, ela fez questão de não pagar os dez por cento do serviço.

O dia correu agitado e já passavam das sete da noite quando percebi que a Natália ainda não tinha chegado. Liguei para ela para saber se estava tudo bem, caiu na caixa postal. Tentei de novo, de novo caixa postal. Abri o WhatsApp e, além das correntes de oração e pedidos de linchamento no grupo da família, das fotos de mulher pelada e carros roubados no grupo dos amigos e de um ou outro spam de promoção, nenhuma mensagem dela. Escrevi perguntando se estava tudo bem. A mensagem nem sequer chegou.

Foi o dia em que o café mais vendeu no mês: seiscentos e trinta e oito reais. Quando fechei o caixa, estava com uma sensação boa, de dever cumprido, de trabalho recompensado, mas também com um peso no estômago por causa do sumiço da Nat. Pensei nas piores desgraças, acidente de ônibus, incêndio na repartição, sequestro, tudo isso para evitar o pensamento mais provável: ela encheu mesmo o saco e decidiu se separar. Depois que a Rosa foi embora, fechei as portas do café e fiquei lá dentro. Abri uma cerveja, acendi um cigarro, criei coragem e liguei para a Natália. Caixa postal. Merda.

Oito cervejas depois, cheguei em casa e quase tudo estava como eu deixara de manhã. A exceção era o armário, que estava com as portas abertas, sem as malas e a maior parte das roupas da Nat. Em cima da cama, um bilhete: fui dormir na casa da Sara.

Puta que pariu. Logo na Sara.

A INVESTIGADORA

De todos os amigos do bairro, a Sara foi a mais bem-sucedida na sua formação. Passou no primeiro vestibular que prestou para a Universidade de Brasília, com a terceira maior nota geral. Na graduação, participou de grupos de pesquisa e iniciação científica, publicou artigos, fez bons estágios. Assim que se formou, foi aprovada na seleção para o programa de trainee da *Folha de S.Paulo*. Depois do treinamento, recebeu uma proposta de emprego no jornal. Declinou, pois já havia sido aprovada para o mestrado na Inglaterra, com bolsa do governo brasileiro.

Quando voltou, encontrou outro país, sem bolsas para doutorandos nem concursos para professor. Teve que desistir das pretensões acadêmicas e, depois de algumas entrevistas, arrumou um emprego num grande portal de notícias na internet, na editoria de cidades, recebendo como pessoa jurídica. Sua primeira matéria assinada, sobre a morte da Girafa Yaky, foi um sucesso. "A última das girafas", um obituário que se transformou num perfil humanizado do animal recém-falecido, ficou dois dias como a mais lida do site.

Yaky era da terceira geração de girafas nascidas no zoológico de Brasília e tinha um irmão, Yakuza, com o qual deveria se reproduzir. Acontece que, infelizmente, Yaky era estéril. O governo gastou muito tempo, dinheiro e trabalho dos veterinários para conseguir fazer uma inseminação artificial. Não deu certo: Yaky era a mais estéril das girafas. Sua morte significava que, depois que Yakuza morresse, o que não deveria demorar muito, pois ele já tinha dezessete anos, nunca mais os habitantes do Distrito Federal teriam a oportunidade de ver outra girafa ao vivo, uma vez que as normas para obtenção de animais pelos zoológicos hoje são muito mais rígidas do que nos já longínquos tempos do nascimento de Yaky.

A matéria foi replicada em todos os portais concorrentes, apareceu três vezes nos telejornais. E a Sara passou a ser tratada pelos colegas como uma jovem no começo de uma carreira promissora. O chefe da redação concluiu que isso significava que a Sara deveria escrever todas as reportagens sobre animais.

Ela aceitou. E escreveu outras matérias nessa área, como aquela sobre o mendigo que foi detido na beira do lago Paranoá por um desembargador que passava de jet ski e era faixa preta de jiu-jítsu, viu e agiu contra o homem que limpava com uma faquinha de pão uma capivara que matara para comer. O desembargador disse para Sara que não daria uma declaração, mas aproveitou para declarar que o mal triunfa quando o bem se omite. O chefe do patrulhamento não deixou que ela falasse com o preso. Só conseguiu contato com vizinhos, que foram unânimes em agradecer a Deus por ter protegido a comunidade ao enviar o anjo bronzeado na hora exata. Cinco horas depois, Sara mandou a matéria escrita. O editor cortou tudo o que diferenciava o texto, a ironia, a reflexão, e subiu a matéria. Sara entendeu que ali se erguia uma barreira, mas decidiu tentar atravessá-la: foi falar com ele, pedir explicações, e ele disse que estava apenas cumprindo as ordens do chefe da redação. Ela foi ao chefe e perguntou que ordens eram aquelas. Ele respondeu que se ela quisesse ser o Gay Talese, que montasse um blog ou voltasse para a Inglaterra e entregasse currículo lá, porque aqui o jornalismo era serviço e ninguém precisa saber que porra uma jornalista iniciante acha sobre as motivações de um cachaceiro que mata animais, que o trabalho dela é reportar o crime e só, pois é isso que atrai os leitores, que, por sua vez, atraem os anunciantes que pagam seu salário. E terminou dizendo que já havia passado da hora de Sara compreender que a matéria da girafa significava apenas que os leitores gostavam da Yaky, ou tinham alguma lembrança afetiva da infância, ou saudades dos domingos no zoológico, qualquer uma dessas merdas, e não que amavam o texto daquela foca de quem já nem lembravam o nome.

Depois do esporro, Sara sentou-se à mesa com o choro represado e a certeza de que, se transbordasse ali, falariam que ela era frágil demais, muito fresquinha, acostumada com Europa, aqui é Brasil, minha filha, é outro fluxo. Chegou a pensar em pedir demissão, mas não tinha como: acabara de se mudar para morar com Nico, seu primeiro e único namorado, e seu salário sustentava a casa desde que ele fora demitido. Então não chorou, e seguiu trabalhando.

Idosa solitária cria 127 gatos em casa, na Vila Telebrasília. Pit bull luta contra lobo-guará em Águas Lindas. Campanha de castração grátis, cão farejador encontra tartaruga desaparecida. Mesmo entediada, não parou de tentar dar algum estilo aos textos, mas era sempre cortada pelo editor, que não deixava escapar nenhuma palavra que não estivesse no pequeno glossário que os donos de lojas de tintas e concessionárias de automóveis queriam ver escritas no jornal em que anunciavam.

E tudo seguiu assim até que chegou a onça.

Sara estava de plantão noturno, entediada em frente ao computador, quando seu telefone tocou. Era o Bruno Manco, conhecido desde os tempos da escola, lá do Bandeirante, que trabalhava de assistente de legista no IML:

Você falou pra ligar se acontecesse alguma parada estranha, então, chegou um velho aqui mais cedo, parecia uns oitenta anos, mas tinha sessenta e dois, o médico nem olhou direito, perguntou se alguém da família tinha reclamado o corpo, falaram que ninguém, o velho era bem humilde, todo esfarrapado, sujo, aí o doutor abriu, olhou o fígado, tinha umas lesão, e botou causa da morte cirrose hepática, e saiu. Quando eu fui guardar ele, percebi uns machucado esquisito no pescoço e nas costas, uns corte tipo de navalha, aí chamei o doutor de novo, ele veio, disse que aquilo devia ser de alguma briga, o pessoal que leva essa vida no mundo acaba terminando assim, é o final esperado dessa vida. Eu perguntei, na humildade, mas, doutor, o senhor não acha que o pescoço dele tá quebrado? Ele riu, disse que eu devia estudar medicina, riu mais um pouco, tipo assim, ele fez piada, saca, eu estudar medicina só se fosse piada, aí falou que não era lesão, devia ser uma condição ruim na cervical, também relacionada com o estilo de vida, e foi nessa. Eu dei mais uma olhada e, Sara, você não vai acreditar, parecia patada de urso. Mas aí eu te pergunto, tu que é entendida: qual é a chance de ter um urso solto por aqui?

Sara agradeceu Bruno Manco, desligou e, acompanhada pelo motorista do portal, foi ao Instituto Médico Legal.

Conseguiu entrar sem citar o amigo. Pediu para ver o corpo. Não queriam deixar de maneira nenhuma, mas ela deu um jeito. No pouco tempo que teve para olhar o cadáver, confirmou o que Bruno havia relatado, cortes profundos no pescoço e nas costas, pescoço quebrado. Podia, sim, ser corte de navalha, como disse o médico, mas teria que ser uma navalha do tamanho de uma espada e manejada por um samurai.

O vigia entrou dizendo que o tempo acabara e Sara saiu. Ligou do estacionamento para o Manco, que atendeu já com raiva, temendo ser descoberto pelo chefe. Ela deixou que ele se acalmasse, disse que garantiria o sigilo da fonte de qualquer maneira, pode ficar tranquilo, mas me diz, onde acharam esse corpo? Bruno Manco disse que foi perto da favelinha atrás do Parque Nacional da Água Mineral. Foi para lá que ela pediu para que seu Juarez dirigisse.

A favelinha era enorme. Mais de cinquenta barracos de madeira, de lona, de palha, de plástico, de papelão. Muito lixo, crianças, cachorros. Uma fogueira fraca acesa. Com a chegada do carro, todas as pessoas pararam o que faziam e passaram a olhar, em silêncio, os estranhos que se aproximavam.

Sara desceu anunciando que era jornalista, queria escrever uma matéria sobre o corpo encontrado no dia anterior. Ao dizer que era jornalista, um adolescente franzino, de bigode ralinho, boné e bermuda, pés descalços no chão, começou a xingar: urubu filha da puta, a gente morrendo de fome aqui nessa merda e cês só vêm atrás de manchete quando aparece um corpo, cês é rato, é rato, é rato. Sara, tensa, manteve-se próxima a seu Juarez, o motorista idoso e calado, que desceu do carro assim que percebeu que o clima estava pesado. Os dois encostados na porta do carona. Sara começou a desenrolar: calma, gente, eu vim numa boa, é o meu trabalho, eu entendo a situação de vocês, tem muito jornalista que é isso mesmo, mas eu não sou assim, eu quero contar a história do senhor que acharam morto, e quero ouvir vocês, porque vocês são os que estavam mais próximos, quem pode dar entrevista?

Ninguém respondeu. Um bêbado gritou de longe: se mostrar a buceta, eu dou entrevista! Alguns riram. Ele se animou e gritou de novo: se me deixar chupar a bucetinha, eu dou até meu cu! Mais risadas. Seu Juarez chamou Sara para ir embora. O adolescente revoltado gritou: urubu, vagabunda! Putinha dos porco! Os coisa vem aqui e mata três pai de família, uma velha toda estrosobada e um moleque de seis anos, e disso cês não fala, rapariga, só vem atrás da manchete, da desgraça da onça que matou o seu Geraldo! Tomar no cu! Quenga dos inferno! Enquanto era insultada, Sara, que percebeu que poderia estar diante da melhor história da sua carreira até aqui, gritou para ele: onça? Tem onça aqui? Os moradores riram com ódio dessa pergunta, todos, homens, mulheres, até mesmo as crianças, como se aquela fosse a pergunta mais imbecil que pudesse ser escutada. Mostra o cuzinho que eu mostro a onça, gritou o bêbado. Dessa vez ninguém riu. Sara elevou a voz e perguntou diretamente ao adolescente: eu tô te perguntando se tem onça aqui, caralho. Tem?

Os moradores se aproximavam, devagar, de Sara e seu Juarez. O velho motorista, discretamente, ajeitou as chaves na mão de maneira que ficassem como um soco inglês improvisado. Estavam agora a menos de dez passos de distância. Tem onça ou não tem, caralho?, perguntou uma Sara já quase tomada pelo desespero, mas ainda curiosa, já com a mão na maçaneta para entrar no carro a qualquer momento. Tem onça no Brasil todo, ô vagabunda, ouviu de uma distante voz de velha. Foi ela que matou o velho?, perguntou a Sara. Deixa eu mamar no seu grelinho, respondeu o bêbado. Seu Juarez abriu a porta de Sara e a empurrou para dentro do carro. Deu a volta no automóvel, andando de costas para não perder de vista a multidão, e entrou pela porta do motorista. Arrancou com o carro.

Voltaram para a sede do portal de notícias. Já era madrugada. Sara foi ao seu computador. Conferiu no sistema interno de busca do jornal se havia alguma matéria sobre as cinco mortes narradas pelo adolescente. Nada. Entrou no site do Tribunal e procurou os casos de auto de resistência na região. Depois de duas horas procurando, encontrou três homens, uma idosa e uma criança, envolvidos com o tráfico, mortos ao resistir à prisão. Como ninguém escreveu sobre isso? Se o adolescente falou a verdade sobre as mortes, por que mentiria sobre a onça? Pesquisou sobre a presença de onças-pintadas na região do Parque Nacional e viu que existiam vários registros. A informação estava checada.

Escreveu a matéria em menos de quinze minutos e, desrespeitando a mais importante das normas, publicou sem enviar antes ao editor. Foi para casa logo depois e dormiu até meio-dia. Ao acordar, tinha mais de trezentas mensagens no WhatsApp. A maior parte era de amigos, como eu, elogiando a reportagem, mas também havia várias de desconhecidos xingando, três deles ameaçando de morte e uma mensagem do editor dando a ela um adeus traumático ao mundo do jornalismo. A matéria com o título "Onça e chacina na favela da

Água Mineral" já havia sido retirada do ar, mas centenas de *prints* estavam disponíveis na internet.

    Sara foi demitida por justa causa, mas Nico tinha acabado de ser aprovado no concurso para professor temporário da rede pública e já estava trabalhando. Ela procurou emprego, mas levou pouco tempo para perceber que todas as portas estavam mesmo fechadas para ela no jornalismo. Criou um blog para continuar escrevendo suas matérias investigativas, quase todas de jornalismo policial. Dentre elas, aquela reportagem do aniversário de vinte anos da guerra no Núcleo Bandeirante, sobre a qual eu queria conversar com ela para seguir na minha pesquisa sobre vida e obra do ex-finado Lilico.

VIRAR ALGUÉM

Bêbado, naquela noite liguei trinta e quatro vezes para a Natália. Trinta e quatro vezes caixa postal. Chorei como uma criança. Mandei mensagem para a Sara, que não me respondeu. Apesar de me conhecer desde criança, sua amizade com a Natália havia se tornado mais forte. O Nico era um dos meus melhores amigos, só conversávamos sobre coisas boas e por isso eu não quis lamentar sobre minha situação de abandonado com ele. Por cima de todas aquelas cervejas, ainda bebi quatro doses de Domecq. Adormeci no sofá enquanto via tudo, inclusive minha vida, girando.

***

Quando enfim tive coragem de procurá-lo, o Nico me contou que a Natália estava lá. Triste, mas decidida. Não queria falar comigo por um tempo, achava que ia ser melhor para os dois. Alguns dias depois, consegui que a Sara atendesse ao meu telefonema. Ela já foi logo me avisando que não ia fazer nada para a Natália voltar para casa, que isso era problema de nós dois, e que a casa estava aberta para ela ficar o tempo que quisesse. Eu disse que entendia e respeitava a decisão, mas lamentava.

Se a Sara me desse uma força, minhas chances de reconquistar a Nat seriam muito maiores. Ela riu e disse que eu tirasse meu cavalinho da chuva, que era inteligente e sabia muito bem o que devia fazer, como, por exemplo, melhorar meu proceder dentro de casa, parar de ser um encostado.

Mudei de assunto. Contei que havia visto o Lilico e ela, de pronto, já se mostrou entusiasmada: sabia que aquele puto não tava morto, tinha certeza, Dany, certeza! Falei da matéria que ela havia escrito e perguntei se poderíamos nos encontrar para falar sobre isso.

Tu quer me enganar e me botar pra trabalhar pra você, Dany. Nem vem.

Não, Sara, é sério, eu tô escrevendo sobre isso, pode perguntar pra Nat, quer dizer, melhor não perguntar. Velho, a história é boa demais.

Ela concordou que aquela história dava mesmo um livro, mas disse mais uma vez que duvidava da minha capacidade de levar qualquer trabalho até o fim. E que também não queria me encontrar por enquanto, para a Nat não pensar que ela estava fazendo jogo duplo na situação.

Ofereceu me mandar algumas anotações sobre o caso, desde que eu me comprometesse a não publicar nada sem avisá-la. Achei irônico, logo ela me pedindo isso, como se fosse minha editora. Jurei que não publicaria.

No mesmo dia, chegou o e-mail com quase um giga de anexo no drive. Era o material bruto de anos de pesquisa da Sara sobre o tema: noites e noites passadas nos arquivos e centros de documentação dos jornais da cidade, coletando fotos, reportagens, citações, tudo que se disse sobre a confusão que abalou nosso bairro na virada do milênio; tardes e tardes passadas nas bibliotecas e arquivos dos tribunais, pesquisando, encontrando e digitalizando processos que tivessem alguma relação com a série de eventos que ficaram conhecidos como a guerra. Como um extra, a Sara ainda teve a bondade de enviar algumas páginas digitalizadas do seu diário no ano de 1999 e a entrevista inédita que fez com um personagem muito importante naquela confusão. No corpo do e-mail, apenas uma frase: é tudo o que eu tenho, vê se não vai fazer merda. S.

***

Depois de uma olhadela rápida nos arquivos, eu me sentia como alguém que vê pela primeira vez o alicerce da casa em que passará o resto dos seus dias. Sobre aquela fundação, eu poderia levantar um prédio de dez andares, e nem queria tanto. E se precisasse me aprofundar em algum assunto, ou verificar algum acontecimento, perguntaria ao Cleyton. Era, mesmo, muita sorte que meu compadre tivesse sido um grande amigo do Lilico. O resto do trabalho, a parte mais simples, e talvez por isso a mais divertida, seria inventar ficções para preencher as lacunas da realidade. Depois era só atarraxar bem as mentiras, encontrar um bom editor e arrumar minha vida com os louros do meu trabalho, pois era certo que, ao conseguir transformar a vida dos outros num livro meu, minha mulher voltaria para mim, eu não teria mais que servir café e, principalmente, conseguiria dar vazão à minha indiscutível vocação, o que me faria conseguir, pela primeira vez em três décadas, ganhar algum dinheiro.

Só bastava escrever.

HISTÓRIA

Em 1958, se você fosse um crioulo forte, ou meio crioulo meio forte, ou um mulato atlético, ou até mesmo um moreno não muito magro, e mesmo se fosse gordo mas não fosse flácido, tivesse mais de um metro e setenta e mais de vinte e oito dentes na boca, menos de trinta anos, e se estivesse esperando um ônibus, ou jogando de quarto-zagueiro no terrão, ou acabando de sair vencedor de uma briga de bar, ou esmurrando a cara da sua esposa no meio da feira até que ela, toda deformada, se engasgasse com sangue grosso e pedaços de dentes descendo pela garganta, sempre corria o risco de chegar um velho de óculos escuros, palito no canto da boca, cigarro sem filtro entre os dedos e te convidar pra trabalhar na Guarda Especial de Brasília, a GEB, serviço de vigilância da construção, futura Polícia Militar do Distrito Federal.

Pensando bem, se você estivesse prestes a ficar desempregado, a cidade vai ser inaugurada em dois anos, e você, que veio trabalhar na obra, achando que ganharia dinheiro e em breve mandaria buscar a família, e por isso subiu e desceu milhares de degraus de escada com caixas de areia, sacos de cimento, latas de tinta, tudo nas costas feito um burro de carga, dois, três dias direto, quase nada no bucho, um almoço passado, duas ou três cachaças, às vezes uma banana, e o encarregado gritando no ouvido o dia todo, a construção vai chegar ao fim e você vai perder o emprego, sem morada no barracão da empresa vai dormir onde? Seu dinheiro paga menos de um mês na pensão da dona Adelaide, porque ganhou pouco, é verdade, menos do que te prometeram, e também teve que gastar algum, porque um homem tem lá suas necessidades, e então, já sem dinheiro e quase sem emprego, chega um velho de queixo quadrado e costeletas longas e o cabelo partido de lado e te convida pra trabalhar na GEB, armado e fardado, pilotando os carros em alta velocidade, dando porrada e atirando em caso de precisão, atraindo as melhores putas e oportunidades: o que você responderia? Não, como centenas de bons homens disseram na ocasião, ou sim, muito obrigado pela chance, vou fazer valer a confiança que o senhor tá depositando em mim, como respondeu Cícero Boamorte?

**

E se no domingo de Carnaval de 1959, ainda meio de ressaca do sábado, naquela hora sagrada do cochilo depois do almoço, você fosse chamado pra ir conter um distúrbio na cantina de uma obra da mesma construtora em que trabalhava? Seu parceiro vai contigo, ele é mole, mas não se pode falar nada, antiguidade é posto, e quando chegam no local você já percebe tudo: a piãozada fazendo mais um quebra-quebra, zoada, gritos e palmas e tilintar dos talheres no pratos de metal, parece que tão reclamando que a boia tava azeda, puta que pariu, pra cima de você, a boia tá sempre azeda, mas nem por isso tem que fazer tumulto, e agora andando no meio daquele salseiro, com o revólver ainda no coldre, decide sacar o cassetete, e bem nessa hora um pião do seu lado te reconhece, é o Ciço, gente, é o Ciço, e parece que tá todo é se achando porque agora virou guardinha, complementa, e quem tá por perto ri, guardinha o caralho você é soldado, seu parceiro sumiu, talvez esteja se escondendo, e a piãozada segue rindo e te olhando, e o piadista diz como se nós tivesse medo de farda, e os outros seguem rindo, e se esforçam pra sorrir mais alto, forçando gargalhadas, palmas e sacudidas, e então você pega o porrete e racha a cabeça do magro, uma paulada no cocuruto e parece que já desligou o homem, tudo em volta faz silêncio, o corpo ainda parado, mas com olhos já mortos começa a cair devagarinho, um caldo preto vazando pelos ouvidos, e só quando enfim toca o chão o barulho recomeça, matou, matou, covarde da desgraça, eles gritam. Antes que venham é melhor sacar o revólver, e aquele revólver é uma merda, pesado, torto, mas é o revólver que tem, e com ele você dispara, às cegas mesmo, em direção à multidão, cai um homem e o barulho abre um clarão no meio da turba, o revólver quente agora queima sua mão, tem que aceitar a dor e não pode abaixar a arma, não há o que dizer, e, quando alguém se abaixa pra acudir o baleado, você decide atirar outra vez, e, depois do trovão, uma cadeira voa no seu rumo, depois um vidro de farinha, até mesmo um tamanco jogam no seu peito, e você olha pro lado e nada do seu parceiro, velho frouxo, e enquanto gritam e esperneiam te arremessando coisas, você caminha pra trás, devagar, até encostar as costas numa parede de madeirite, e então se lembra das quatro balas no tambor e dispara mais uma vez, outro homem tomba, agora todos correm, ninguém mais lhe arremessa nada e quando o reforço chega você está limpando as unhas com o canivete.

Já no batalhão, cinco corpos depois, o capitão recolhe sua arma e ordena passar no administrativo e assinar trinta dias de férias remuneradas. Você viaja pra ver seus pais e pescar. Quando volta e se apresenta no serviço, descobre que foi promovido a sargento sem passar por cabo e que vai receber uma medalha por bravura.

***

Em 1964, você, primeiro-tenente, já tem sua casa funcional pra morar de graça em Taguatinga, mas ainda falta uma mulherzinha para pôr lá dentro, não que faltem mulherzinhas nas quais você põe lá dentro, mas uma coisa é puta e outra é fazer família, e naquela quinta-feira comum você a vê pela primeira vez, quinze ou dezesseis anos, menina-moça de família pobre, calada, o peito pequenininho e a bundinha arrebitada, caminhando pelas ruas de terra da Cidade Livre, você acabou de almoçar, a barriga cheia da dobradinha da dona Geralda, aquele feijão-branco que ela manda trazer do Piauí, e que ela faz questão de não te cobrar porque reconhece o serviço que você presta pra sociedade, sabe que contigo vagabundo não se cria e que a chinela canta fácil, e também por isso você almoça por lá todo santo dia de serviço e aproveita pra economizar, quinta-feira é o melhor dia, o dia da dobradinha, pode-se dizer o que for, mas a jamanta da cozinha sabe preparar um bucho, e pra abrir o apetite duas ou três pingas de alambique, uma ampola de seiscentos pra acompanhar o grude, depois goiabada, café, cigarro e uma soneca na viatura, mas naquele dia, logo ao sair do restaurante, ainda palitando os dentes, você vê aquela menina-moça caminhando cabisbaixa, com sacolas nas mãos, e para a viatura ao lado dela, pra onde vai a donzela?, minha casa é logo ali, senhor, Senhor tá no céu, desculpe então, entra, não precisa, entra, e ela entra meio que a contragosto, e, assim que se senta no banco do carona, você põe a mão sobre o joelho dela e ela não tira sua mão, e então você vai subindo pela perna, devagarinho, enquanto dirige, também devagarinho, ela murmura um não, mas talvez você nem tenha ouvido, ela sempre fala baixo, imagine agora com esse nó na garganta, enquanto isso seus dedos já chegaram na calcinha, que você arrasta pro lado pra massagear o grelo, e mesmo dirigindo o mais devagar que consegue você já chegou na frente do barracão em que ela diz que mora com os pais, então você para a viatura, e ela desce sem olhar pra trás enquanto você a observa se distanciando, tentando gravar na memória o movimento daquela bundinha arrebitada que rebola com timidez, e, quando ela entra, você arranca com o carro, agora a toda a velocidade, e dirige até chegar ao pequizeiro que fica ao lado da linha do trem e que os colegas do batalhão chamam de garçonnière, e você para à sombra dos pequis e põe o pau pra fora, e com dois ou três movimentos já goza um jato alto, cremoso, que lhe cai sobre o terceiro botão da farda.

O resto do dia você passa cheirando o dedo e quando, meses depois, consegue finalmente se casar com ela, ainda sem a permissão do pai, paraíba do sangue quente, que não cedeu nem depois de ter sido preso por ter relações com o sindicato dos serralheiros sob a acusação de subversivo e de ter tomado uma coça severa de um amigo que lhe devia um favor e que quebrou os poucos dentes que o velho ainda tinha na boca, quando enfim você conseguiu o que queria e pôs a mulherzinha dentro da sua casa, você já não tinha nenhum tesão por ela e a deflorou para embuchar, sem nenhuma vontade, só pra cumprir com sua obrigação.

***

É 1968 e você sublocou a casa em Taguatinga para um colega recém-chegado do Pará e comprou um barraco na Cidade Livre, que em breve vai ser chamada de Núcleo Bandeirante, foi um negócio da China, preço de banana, o velho no começo não queria vender, dizia que não tinha pra onde ir, mas você não desiste do que quer, e então passou a ir na casa dele todos os dias em que estava de serviço, no começo ele te recebia, oferecia até um cafezinho, mas com o passar do tempo o velho foi perdendo a paciência e passou a não abrir mais a porta, e então você entendeu o recado e ia visitá-lo apenas na madrugada, parava a viatura na frente da casa e deixava a sirene soando por cinco minutos, depois ia embora, nas noites mais animadas você chegou a fazer isso três, quatro vezes, e não teve nenhum plantão em que não o visitasse, era o melhor barraco da cidade, na parte alta da avenida Contorno, dava pra ver a mata e até mesmo escutar o som do Riacho Fundo passando, com sorte até pegasse um filhotinho de jacaré pra fazer moqueca, você sabia que moraria ali, custasse o que custasse, mas o velho não queria vender, velho teimoso, mesmo você tendo o dinheiro na mão, fruto das economias dos últimos anos, o velho não queria, não queria, não queria, até que um dia ele chega às seis da manhã no batalhão, e então vão te acordar, ele está muito nervoso e diz que vai vender, que cansou, que não tinha mais paz, essa zoada acordando a rua toda, os vizinhos já nem o olhavam na cara, e agora, o cachorro morto, um cachorrinho tão bom, o velho não chora, é mesmo um cabra-macho, mas você percebe que ele está se esforçando pra parecer manso, você diz que não tem mais interesse nenhum, mas que, por caridade, pode oferecer vinte por cento da oferta inicial, o velho se mostra muito surpreso, os olhos faíscam, você diz que é pegar ou largar e ele pega.

Agora você mora e trabalha no mesmo bairro, três filhos homens, imóvel quitado e já não usa mais farda, pode deixar o cabelo mais comprido e apostou numa costeleta, Francisco Cuoco mais amorenado, caiu bem, é chuva de piranha, toda hora aparece uma nova, o salário triplicou e o trabalho diminuiu, agora é o dia todo dentro do carro, seguindo os comunistas, e muito de vez em quando umas porradas neles, tudo rotineiro, sempre no mesmo porão do mesmo sítio amarrados na mesma cadeira cagando nas calças do mesmo jeito, exceto por aquele dia em que você se excedeu e acabou aumentando muito a voltagem e a putinha caiu no chão tremendo, você na hora se preocupou, mas depois até achou graça, o fato é que a rotina parece que te venceu, e isso se nota na sua barriga cada vez maior, e mesmo que às vezes você sinta falta da farda e do patrulhamento a pé, Deus sabe que o mais importante é garantir uma boa condição de vida pra família e foi nisso que você pensou quando o doutor Santos buzinou na porta da sua casa, dentro do Opala Luxo cor de ouro 3.8 com 125 cavalos, recém-lançado, que ele mesmo foi buscar em São Paulo e trouxe dirigindo, e todo mundo disse que era um dos dez primeiros vendidos no Brasil, você já sabia que ele era o homem da prata e quando foi ter com ele sentiu até um frio na espinha, pensando na janela de oportunidades que poderia se abrir, ele disse que sua fama te precedia, que na concepção dele você tinha um dom, e lhe fez a proposta de trabalhar na imobiliária, sem horário fixo, ganhando o mesmo soldo que na polícia e sem precisar largar a corporação, e ele, vai saber como, sabia exatamente quanto você ganhava, um salário a mais só pra ajudá-lo na compra de novos imóveis e também pra resolver alguns probleminhas que, vai saber, pudessem aparecer, com direito ainda a cinco por cento de comissão sobre o valor do imóvel a ser comprado, você respondeu sim, muito obrigado, vou fazer valer a confiança que o senhor tá depositando em mim.

***

É 1969 e você já sabe que o novo serviço é simples, o doutor Santos manda chamá-lo, às vezes em casa, às vezes no batalhão, às vezes no bar e teve até aquele dia em que o enviado foi à zona, abriu a porta do quarto e te tirou de cima da indiazinha que você tava comendo e você teve que ir todo melado até a casa do patrão, enfim, você é chamado e vai no mesmo momento à maior casa do bairro, que parece uma fortaleza, quatro lotes cercados por muros de mais de três metros, você entra pela portinha dos empregados, fica em pé na garagem, esperando, às vezes até uma hora, aí o doutor Santos aparece e te entrega um papelzinho com um endereço e um valor, você vai até esse endereço, chama o dono, faz a proposta, e a imensa maioria aceita logo de primeira, alguns um pouco contrariados, é verdade, mas o sentimento que você mais lê naqueles rostos é um lamento resignado, como se dissessem pois é, demorou mas chegou o meu dia. Depois do aceite da venda, você olha nos olhos de vendedor e pergunta, então tenho sua palavra de homem, e ele responde que sim, e você parte sem oferecer um aperto de mão. Então segue até a fortaleza e entrega pra governanta o mesmo papelzinho que recebera mais cedo, agora com um ok escrito em vermelho.

Todo quinto dia útil do mês você passa na loja de ferragens Santos & Filhos, vai direto ao quartinho lá nos fundos, onde fica o contador, meio careca e muito gordo, espremido com seus suspensórios entre uma calculadora do tamanho de uma máquina de escrever e uma pilha de papéis, com a camisa encharcada de suor, que te entrega um pacote com seu ordenado e mais as comissões a que tem direito.

Nunca faltou nada e nunca atrasou um dia.

***

É 1979 e os comunistas estão voltando, foda-se, se encherem o saco é pau neles de novo, a anistia não foi ruim de tudo, os três processos contra você também vão cair, era uma guerra, porra, como se luta uma guerra sem força?, isso que a vagabunda resolveu chamar de estupro é apenas uma técnica de interrogatório que você aprendeu no treinamento com os franceses, os melhores do mundo nessa arte, enfim, deixa o falador falar, foda-se.

Anistiado, você anda inclusive pensando em entrar pra reserva, ainda não se decidiu e não vai ser agora, preparado pra assistir ao último capítulo da novela *Pai Herói*, sentado no sofá com uma Brahma, azeitoninhas e ovinhos de codorna, emocionado já ao ouvir "Pai" na voz cristalina de Fábio Jr., a música de abertura, mas palmas no portão te interrompem, você olha pela janela e reconhece aquele molecote esperto chamado Val e ele te diz que o patrão tá chamando.

Dez minutos, uma pastilha de menta e vinte e oito imóveis comprados depois, o doutor Santos o recebe e, pela primeira vez, manda abrir a porta principal da fortaleza, aquela por onde entram as visitas, só gente da alta, e a governanta, meio gorda, mas ainda dá pra comer, faz sinal pra que você entre, e então você vai, meio assim, é claro, puta que pariu, que casa linda, um lustre desses deve custar o mesmo que um Passat, e caminha até o escritório e lá dentro uma enorme estante de madeira maciça, será peroba-rosa ou jacarandá, não é possível que é cerejeira, e muitos, muitos livros, do chão ao teto, centenas, milhares de livros, alguns com capas de couro, outros com título em francês, não à toa é um homem tão distinto e bem-sucedido, e além dos livros, esculturas de querubins de diversos tamanhos, algumas de porcelana, outras de barro, as douradas devem ser banhadas a ouro, não é possível que é ouro maciço, sempre bebês anjinhos gordinhos segurando arco e flecha, às vezes montados em nuvens, em outras pairando no nada, e na frente da estante uma mesa com tampo de mármore, atrás dela o doutor Santos, que se levanta pra recebê-lo, abre um sorriso, caminha na sua direção estendendo a mão, e depois o abraça apertado, e então segura seu rosto entre as mãos e diz parabéns, Capitão, e você fica sem entender, ele ri e diz que sabe que você está pronto para honrar as três estrelas, tudo bem, você responde ainda sem entender direito, ele agora gargalha do seu desentendimento, você se envergonha, ele diz que você agora é capitão, Cícero, capitão, quem diria, muito obrigado, doutor Santos, você responde, e ele diz que como capitão suas responsabilidades vão aumentar, certo, junto com o salário, como é o justo, então eu vou ter que te pedir um favor diferente, uma transação um pouco mais complexa, mas tenho certeza de que você é o homem certo pra resolver essa pra gente, aceita um uisquinho? Cícero, olha o tanto que eu trabalho, são onze lojas, mais de cinquenta imóveis pra administrar, olha o tanto de gente que eu emprego, Cícero, o bem que eu faço pelo bairro, o próprio padre Enoque já falou, inigualável, e tudo limpo, compreende, cumprindo a palavra, respeitando as pessoas, pagando em dia, já atrasei seu ordenado, Capitão?, pois então, você acha justo, Cícero, que nosso bairro, que é tão tranquilo, acabe indo parar na mão dessa cariocada? O Japonês, e eu falo com tranquilidade porque sempre tivemos uma relação amistosa, ele cuida do jogo dele, eu cuido dos meus negócios, conheço ele desde que cheguei aqui, Cícero, são vinte e seis anos, compreende, nunca tivemos grandes intimidades, por suposto, mas sempre nos respeitamos, temos amigos em comum, inclusive já brindamos algumas vezes no Country Club, mas eu te pergunto, Cícero, é certo ele receber esse pessoal do Rio de Janeiro e começar a tratar nosso bairro como se fosse dele? Já faz tempo que isso me incomoda, mas agora cheguei ao meu limite: você acredita que um dos crioulos foi até o bar da dona Ruth, uma mulher, como você sabe, muito religiosa, o crioulo foi até lá e o garoto que estava cuidando, o filho dela, Odilonzinho, que eu vi nascer, o crioulo chegou e disse que o Japonês tinha mandado separar uma mesa que agora ele ia anotar o bicho lá do bar, e o Odilonzinho, coitado, que nem sabe dessas coisas, garoto ainda, não entendeu do que se tratava, o crioulo virou o fio, sacou o revólver, fez o maior escarcéu, isso quem me contou, se esvaindo em lágrimas, foi a dona Ruth, compreende? Depois de muito refletir acabei chegando à dura conclusão de que é meu dever

trazer as coisas pro eixo, que homem seria eu se fugisse dessa responsabilidade, jamais, jamais, ao rei tudo, menos a honra, e só temos um jeito de fazer isso, concluo com pesar, descansando o Japonês, compreende?
 Perfeitamente, doutor.
 Se não cuidarmos do nosso próprio bairro, quem cuidará? Se não fizermos nada agora, quem garante que haverá amanhã? Se fosse apenas o jogo, tudo bem, mas você sabe como é essa gente, eles chegam com o jogo, tomam o lugar, mas o objetivo final, Cícero, o que eles querem de fato é implementar aqui, na nossa pacata vizinhança, o negócio do tóxico, imagine só, nossas crianças convivendo com drogados à luz do dia, Cícero?
 Deus me livre, doutor.
 Deus nos livre, Cícero, Deus nos livre. Portanto, só há uma saída gloriosa: arrumar a casa agora, antes que a sujeira nos engula.
 O senhor tem toda a razão, doutor, mas me permite um aparte? Será que é possível, doutor? Afinal de contas, eles...
 Claro que é possível, Cícero, por suposto. Ainda mais sob o comando de um homem como você. Você tem um dom, Cícero, um dom. Acredite, homem de pouca fé. Enfim, faremos. Estou lhe contando como. Esse aqui é o contrato social da empresa que abri, s & bm Segurança. Santos e Boamorte. Isso mesmo, Cícero, agora somos sócios. Trinta por cento da empresa é sua. Continuarei pagando seu salário, é o justo, mas só até nossos lucros serem quinze por cento maiores do que o que você ganha hoje, compreende, depois serão só os dividendos,

setenta-trinta, compreende? Parabéns, Capitão, agora você é empresário.

Agradeço imensamente tudo que o senhor sempre fez por mim, doutor Santos, Deus lhe guie sempre, que o senhor continue sendo esse homem bom.

Não há de quê, não há de quê, eu é que me sinto honrado de poder auxiliar no crescimento um homem de valor como você, Cícero. Noves fora, zero. Você vai montar o time. Cinco ou seis homens. Se for trazer alguns do batalhão, tem que averiguar antes se já não estão acertados com a crioulada, compreende? Todos vão ser fichados, receber salário, ticket, benefícios, coisa e tal.

Compreendido, doutor. E então?

Então, meu querido, então é contigo. Você decide. Autonomia plena. Prefiro inclusive nem saber como, só quero ver o bairro em paz novamente. Tá compreendido?

Perfeito, doutor, perfeito. Uma última pergunta: devemos nos preparar pra retaliação?

É sempre bom estar atento, Cícero, você sabe disso melhor do que eu, esse é o seu trabalho. Mas adianto que já estou em conversas avançadas com Bangu e me surpreendi com a pouca estima que o Japonês tem por lá. Se trata de um aventureiro, Cícero, um zero à esquerda pra Cúpula.

Mas, doutor, se me permite, esse pessoal do bicho...

Cícero, meu filho, Cícero, presta atenção: o pessoal do bicho agora somos nós.

JUSTIÇA

INFÂNCIA (1989)

Tia, posso ir no banheiro?

Na primeira vez que ele perguntou, não tinha mesmo como ouvir. Dezenas de crianças de sete ou oito anos presas dentro de uma sala de aula, menor e menos ventilada do que deveria, são capazes de produzir, sem causa aparente, a mesma quantidade de decibéis que um estádio de futebol na hora do gol de um time médio.

Vozes fininhas se misturando com risadas, ranger de cadeiras sendo arrastadas no chão, som do zíper abrindo e fechando mochilas, uma ou outra palma, papel amassando seguido por bolinha de papel batendo na cabeça de outra criança que grita com a voz anasalada ô fela de uma rapariga ao mesmo tempo em que alguém assoa o nariz na camiseta do uniforme.

Calem a boca, pelo amor de Deus, gritou a professora. As crianças, assustadas, silenciaram, mas por um segundo, apenas. Antes que a tia pudesse inspirar longamente para oxigenar o cérebro, diminuir a raiva e retomar o conteúdo, o barulho voltou, de uma lapada, como se alguém tivesse ligado a caixa de som do inferno no volume máximo outra vez.

Posso ir no banheiro, tia?

Talvez agora já fosse possível ouvir a pergunta, mas a professora não respondeu.

Puta que pariu, cala a boca, ela gritou. Dessa vez as crianças calaram de verdade. Além do tom da voz, a presença do palavrão, o primeiro que a tia falava, deu uma autoridade moral indiscutível ao grito e um peso mais do que respeitável à ordem, um peso muito maior do que aqueles ombrinhos poderiam suportar. Vocês parecem uns animais, ela continuou. A turma se manteve quieta. Um aluno, sentado no meio da sala, estava com o bracinho levantado. O que foi agora, Juan Pablo?

Posso ir no banheiro?

Não, não pode. Isso não é justo comigo, eu não aguento mais.

A professora já era uma idosa aos quarenta e três anos. Glaucoma bem avançado, hérnia de disco, calos do tamanho de feijões nas cordas vocais, que, nos piores dias, pululavam na garganta e faziam com que ela cuspisse caroços de pus e sangue. Três filhos, marido assassinado, dezenove anos de magistério. Era a segunda semana de aula do ano letivo e, de fato, ela já não aguentava mais.

Vocês sabem quanto eu ganho? Quanto eu ganho pra ter que vir até esse inferno todo santo dia? Se vocês soubessem, ah, se vocês soubessem, ela desabafou em vão para um público que ainda não tinha as condições cognitivas necessárias para entender o drama. O próximo que der um pio vai se ver comigo, arrisca pra ver, arrisca.

A ameaça surtiu efeito: as crianças não entendiam de economia, mas todas já sabiam reconhecer a fúria. No mais profundo silêncio que aquela escola já viu, a professora caminhou até sua mesa. Abriu a bolsa, retirou um Minister longo de uma cigarreira de couro, um isqueiro envolto numa capinha de crochê e, com as mãos trêmulas, acendeu o cigarro e deu um longo trago.

Três tragos depois, o cigarro já quase pela metade, ela voltou a caminhar em direção ao quadro-negro. Só se ouviam seus passos e o queimar da brasa, baixinho, consumindo o papel. Ela olhou rápido para a turma e voltou a escrever as letras do alfabeto, cursivas, em maiúsculas e minúsculas. Até que um eita--porra vindo lá da última carteira quebrou o silêncio.

Ao se virar, a professora viu Juan Pablo em pé, diante da porta, mijando dentro da lixeira.

A professora correu até a criança mijona e a levantou pelo braço, de uma vez, e, se o membro saísse do corpo, ela chuparia com muito gosto cada um daqueles ossinhos desgracentos. Essa atitude impensada de virar a arma contra si mesma resultou numa jatada de mijo quentinho direto nos próprios peitos, com direito a respingos no rosto. Alguns alunos riram com medo, outros silenciaram aterrorizados, alguém gritou eca. A professora saiu arrastando o desgraçadinho pelo chão, puxando seu braço com muito mais força do que precisava. E o menino, enquanto era arrastado, seguiu mijando, marcando com um fio de urina todo o trajeto que se iniciava na porta da sala de aula, passava pelo pátio e terminava na direção, onde caíram as últimas gotas. Ele, dono de uma bexiga muito maior do que se poderia prever, manteve-se sério e em silêncio, inclusive na hora de, já na frente da ainda jovem e já severa diretora Miriam, guardar o piru dentro da calça.

Sob gritos, ameaças, dois ou três safanões e puxões de orelhas, Juan Pablo não disse nenhuma palavra. O máximo que fez foi balançar a cabeça negando o pedido de desculpas que a professora exigia.

Minutos depois, o seu Índio chegou. O pai do Juan Pablo falava portunhol, tinha a pele escura, o cabelo liso e preto, e assim que desembarcou no Núcleo Bandeirante recebeu o apelido de Índio. Como era muito sério, acrescentaram o "seu" antes do vulgo.

Quando ele entrou na sala da direção, mostrou-se envergonhado. Olhou nos olhos do filho e mandou que o garoto se desculpasse. Foi a primeira vez que o Juan Pablo falou.

Pedir desculpa de quê? De ter vontade de mijar?

O seu Índio ficou puto, mas respeitou a atitude do filho. Colou o lábio na orelha dele e falou baixinho:

Tu sabe que voy te bater.

Juan Pablo fez que sim com a cabeça.

***

Depois de cumprir a suspensão de três dias, Juan Pablo voltou para a escola. Caminhava devagar por causa das cintadas e varadas que recebera e ainda doíam, mas as outras crianças não perceberam isso.

Os coleguinhas olhavam com um misto de admiração e medo para o menino.

Caraca, você é malucão, hein.

Hein?

Mijou na tia.

Tava apertado. Não sou maluco.

Foi engraçado.

Engraçado?

Aham. Você não achou?

Sei lá.

Meu nome é Cleyton.

Juan Pablo.
É nome de mexicano?
O quê?
Você é paraguaio?
Para o quê?
Tu parece o Lilico.
Que Lilico?
Do *A Praça é Nossa*. Saca?
Não.
Quer jogar bola?
Não.
Vou lá então.
Tá.
Ô.
O quê?
Não vira esse piru pra mim não, hein, Lilico.

Cleyton, sorrindo, partiu para o disputadíssimo jogo do recreio, quatro contra quatro, latinha amassada como bola e dois pares de sapatos como traves. Três times de próxima. Clima de decisão de Copa Libertadores.

Lilico ficou ali por perto. Acabara de conhecer o primeiro garoto na escola, Cleyton. E ao mesmo tempo que sentia vontade de se divertir com seu novo amigo, tanto sua timidez crônica quanto as dores que ainda sentia das pancadas o impossibilitavam de se juntar à pelada. Lilico às vezes olhava para o jogo e às vezes olhava para o nada, para não dar muita bandeira de que estava assistindo à brincadeira.

No meio da disputa, um empate duro em zero a zero, chegaram três garotos maiores, da quarta série, e começaram a atrapalhar a partida. Entraram em campo chutando a latinha para longe, rindo e falando alto. Um deles se aproximou de um dos desafortunados da primeira série e puxou sua cueca para fora da bermuda. Cuecão!, ele gritou, enquanto o coitadinho gemia de dor. Cleyton foi andando devagar para perto de Lilico, que assistia à cena concentrado.

 Que é isso?
 O quê?
 Esses meninos.
 Os prego da quarta B
 E vocês vão parar de jogar?
 Uai, já era até a bola.
 Mas por quê?
 Oxe.
 Frouxos.
 O quê?
 Vocês.
 Nada a ver.
 Vamos brincar?
 De quê?
 Sei lá.

Ao toque do sinal do fim do recreio, que interrompeu o diálogo, os dois novos amigos, sem que tivessem combinado, saíram correndo a toda a velocidade em direção ao bebedouro de água. Cleyton, talvez por não estar sentindo nenhuma dor, chegou à frente, abriu a torneira, curvou a coluna e tomou um grande gole. Ainda esbaforido, disse para Lilico:

 Eu sou o The Flash!
 Lilico sorriu meio tímido. Que moleque estranho, pensou.

***

Cleyton teve certeza de que o Lilico tinha um parafuso a menos quando, uma semana depois, ele abriu a cabeça de um dos garotos da quarta B com um grampeador que pegou na sala da coordenação. O grandão, acompanhado de três colegas, foi na porta da sala de aula de Lilico e gritou "mijão". Lilico esperou o intervalo em silêncio e caminhou até a sala da coordenação para denunciar o ocorrido. Chegando lá, sua natureza lhe fez aproveitar a oportunidade: a sala estava vazia e havia um grampeador grande, de ferro, sobre a mesa. Lilico pegou o utensílio, escondeu nas costas e caminhou até a roda dos grandões, que estavam rindo enquanto um deles imitava um macaco diante de duas meninas negras. Lilico se aproximou com as mãos para trás, escolheu o maior garoto e bateu com a arma na testa dele. Esguichou sangue. Os meninos e as meninas se desesperaram. Eles correram e elas começaram a gritar. Lilico se aproximou do grandão, cego de vermelho, e bateu mais uma, duas, três vezes com o objeto no rosto do menino, até que ele se escorasse numa parede e então, como um boxeador que encurrala seu adversário no corner, aproximou-se e continuou a bater na cara, nas mãos que tentavam em vão proteger a cara, na barriga, no saco, em tudo que é lugar que tivesse carne, osso e pudesse causar alguma dor. Só parou de bater quando o professor de Educação Física, que também era carcereiro no presídio feminino, chegou correndo e torceu seu braço para trás até que se ouviu um *crek*. A mão direita, que manejava o grampeador, estava em carne viva. No rosto calmo do garoto, algumas gotinhas de sangue. Lilico foi expulso da escola e teve que engessar o ombro, quebrado.

***

Hijo, sientate. Eu compreendo tua natureza. Desde a barriga da tua mãe que gostas de lutar. Não deixava a coitada um só segundo em paz. O dia inteiro a moverte, pateando as costelas, um terror. Quando nació, quase dois dias de parto. Um inferno. Parecia que não querias sair. Melhor, parecia que querias pelear e que não te importavas em sair ou não. É isto que a mim me parece: solo te gusta la pelea. Nós não criamos animais, hijo. O que difere as pessoas dos animais? Diga.

Não sei.

Pronto. Vês? Não sabes. Pareces um animal, sem nenhum controle sobre os instintos. E a animal, como se ensina? Com la fuerza.

Lilico olhou nos olhos do pai e não piscou.

Com metade do tronco engessado, deitado pelado na cama, o Lilico tomou vinte e cinco cintadas na bunda.

***

Dona Edite era muito conhecida no Núcleo Bandeirante. Chegou lá em 1959, para trabalhar de cozinheira numa cantina, e estudou de noite até se formar professora normalista. Com o passar dos anos, acabou virando diretora da escola. Seu Abílio trabalhou como servente na construção da capital e flertou todos os dias com a moça da cozinha, até conseguir conquistá-la. Depois que se casaram, ele arrendou uma pequena loja de materiais de construção, onde morreu esfaqueado ao reagir a um assalto. Eram os pais do Cleyton e da Sara.

Seu Índio mudou para o bairro quando Lilico tinha dois anos, depois de comprar uma das últimas casas pré-moldadas que ainda estavam de pé. Em pouco tempo, alugou o quiosque que ficava em frente e, trabalhando sozinho na reforma, transformou-o numa banca de revistas. Dona Edite passava por lá aos fins de semana para comprar as palavras cruzadas e o jornal de domingo. Também no domingo, se encontravam na missa das seis da tarde.

Era um cara muito sério, mas não rude. Pelo contrário, chamava a todos de senhor ou senhora, com seu sotaque que variava de intensidade conforme o dia. Era gentil e prestativo, calado e contido. Estava sempre com a cara fechada e os óculos pesados na ponta do nariz. Passava os dias dentro da banca, lendo livros encapados com couro, sem título ou nome do autor. Suas rugas de expressão eram muitas, muito profundas, que, combinadas com seu queixo quadrado imberbe, a pele escura e o cabelo preto escorrido, lhe deixavam mesmo com um ar de cacique, como bem percebeu o anônimo que o apelidou.

Nunca era visto nos botecos, nos forrós. Não foi assistir nem ao jogo do Dom Pedro quando o Fluminense veio jogar pela terceira divisão no Estádio dos Bombeiros. Sua vida era a banca de revistas, que funcionava das cinco da manhã às cinco da tarde e só fechava às quartas-feiras pela manhã. Lá ele vendia picolés, chicletes e balas; ioiôs, carrinhos e bonecos; cigarros, chaveiros e até mesmo uns poucos livros usados. Fora do trabalho, missas e caminhadas, sempre antes do Sol nascer, às três ou quatro da madrugada. Nos dias em que estava muito feliz, mandava o Lilico comprar umas cervejas no Odilon e bebia, sozinho, na própria banca fechada. Era respeitado.

Quando a tia Edite olhou pela janela e viu que quem a chamava era o seu Índio, por alguns segundos ficou sem entender.

Enquanto vinha caminhando em direção ao portão, seu Índio já se desculpava.

Não queria importunar, peço as mais sinceras desculpas, é que estou numa situação muito complicada, muito complicada, e só me ocorreu de procurar a senhora, disse quase em português.

Seu Índio veio pedir que tia Edite aceitasse seu filho Juan Pablo em sua escola, já que ele tinha sido expulso da outra. Tia Edite disse que precisaria de um tempo para responder, tinha que conferir se havia vaga disponível e também pensar se era viável abrir as portas para um aluno com um histórico daqueles, ia também verificar se não havia outras escolas, em outros bairros, melhor preparadas.

Assim que seu Índio foi embora, a tia caminhou até Cleyton e perguntou a ele sobre Lilico. Cleyton contou a história do mijo na lixeira, da surra de grampeador. Dona Edite perguntou: qual é o problema desse menino? Cleyton não percebeu que ela falava consigo mesma e respondeu, sei lá, mãe, ele é brabo demais, só que também é legal.

**

Alguns dias depois, tia Edite foi na banquinha e avisou a seu Índio que havia uma vaga. Mas que precisava conversar com Lilico antes.

Oi, Juan.

Oi, tia.

Sabe quem eu sou?

Meu pai disse que a senhora é a diretora do 05.
Sou mesmo. E também sou a mãe do Cleyton, seu amigo.
Legal.
Você quer estudar na minha escola?
Sei lá.
Como assim, sei lá?
Não sei como é a escola da senhora.
É boa.
Então, tá.
Tá o quê?
Topo.
Eu não te disse que você vai estudar lá, perguntei se você quer. Você quer?
Quero.
Por quê?
Porque meu pai disse que eu tenho que estudar.
Você sabe por que você tem que estudar?
Não.
Pra ser alguém na vida, meu filho.
Tá.
Realizar seus sonhos... qual é seu sonho, Juan?
Não sei.
O que você quer ser quando crescer?
Sei lá.
O que você mais gosta de fazer?
Desenhar.
Jura? O Cleyton também.
Legal.
Você pode ser um arquiteto, sabia?

Tá.

Tia Edite sentiu os joelhos doendo, muito tempo naquela posição de cócoras, e se levantou. Lilico a seguiu com os olhos, sem parar de encará-la nem por um segundo.

Tia.

O quê, meu filho?

Vou poder estudar lá?

Vamos ver.

Tá.

O que você acha de ir lá em casa pra desenhar com o Cleytinho no fim de semana?

Tem que pedir pro meu pai.

Ele vai deixar.

Tá bom, então.

***

Telefone com o Cleyton:

E ele desenhava bem, Cley?

Porra, muito. Melhor do que eu, muito melhor do que o Peitinho. Moleque era um monstro do realismo.

***

Nos arquivos que a Sara me mandou, vejo que o Lilico tem duas passagens na ficha criminal. A primeira foi em 2 de setembro de 1999. Desacato à autoridade e posse de entorpecentes. A segunda, dezenove dias depois, por homicídio triplamente qualificado.

ADOLESCÊNCIA (1999)

Leio no diário que a melhor amiga da Sara na adolescência era uma menina chamada Juliane, de quem eu nunca tinha ouvido falar.

As duas se conheceram no último ano do Ensino Médio. Parece que se gostaram logo de cara: a Sara com a camisa do The Clash, sentada no fundão, mascando um chiclete com a boca aberta enquanto pichava o A no círculo dos anarquistas na carteira. Conhecia todos os outros alunos, morava no Bandeirante desde que tinha nascido, e os professores todos respeitavam sua mãe, dona Edite, diretora histórica do colégio de alfabetização. Uma adolescente punk, sim, mas dentro da zona de conforto.

Juliane havia se mudado para o bairro poucos dias antes das aulas começarem. Quando entrou na sala de aula e viu aquela garota cacheada, com um ar de "não tô nem aí pro mundo", escolheu uma carteira ao lado dela. Venceu a timidez e pediu um chiclete. A Sara sorriu.

Oi, eu sou a Sara. Era punk, sim, mas simpática.

Você só gosta de rock?, perguntou a Juliane enquanto abria a caixinha do chiclete Clorets.

Mais de punk, mas também curto umas coisas brasileiras, tipo Doces Bárbaros, já ouviu?

Não.
E você?
Gosto mais de reggae.
Reggae me dá sono.
Nada a ver.
É sério. É só pôr um Bob Marley eu já... ronc...
Vou te mostrar o Groundation e aí quero ver se você dorme.
Véi, já tô bocejando aqui.

Nesse dia, cochicharam a manhã inteira. Sara, em frases curtinhas e risadas abafadas, passou para Juliane as informações necessárias para sobreviver àquele ambiente: o professor Gentil sempre tentava comer as alunas, era preciso tomar muito cuidado com ele. A professora Solange não gostava de mulher, então também era preciso ter cuidado com ela. Os playboys eram todos uns bostas, nos seus carros rebaixados tocando axé music no último volume, seus topetes patéticos, seus brinquinhos de argola com cruz, mas que ficasse tranquila, eles não eram de nada. Assim como as patricinhas com suas risadinhas estridentes, seus cabelos escovados, as unhas compridas pintadas de rosa e o piercing no umbigo sempre à mostra. Também não eram de nada.

Saíram para o intervalo e sentaram-se, juntas, no pedrão de frente para a quadra de esportes.

Antes que eu me esqueça, Sara retomou o assunto, a melhor maconha da escola é a do Galego e nem é a mais cara.

E quem é aquele menino ali?, perguntou Juliane em algum momento.

Qual?

Meio indiozinho ali, com a cara fechada, do lado do skatista.

O skatista é meu irmão, o Cleyton.

Que legal. Meu sonho era ter irmão. E o outro?

Você é filha única? Mimada!

Quem me dera!

O outro, o Lilico, mora na minha rua. Você quer ir lá em casa de tarde pra gente jogar um videogame? Já te apresento ele e o restante da galera. Pode até levar uma fita de reggae, que eu gosto de cochilar depois do almoço.

Nada a ver. Hoje não dá, meu pai tá em casa, ele é muito rígido com esse negócio de sair em dia de semana.

Vamos marcar outro dia então.

Bora.

No almoço, naquele dia, Cleyton perguntou pra Sara sobre a hippiezinha que passou o recreio com ela. Sara disse que se chamava Juliane e parecia gente boa. Quando Cleyton pediu que fizesse o filme dele com a menina, achei muito gata, e Sara respondeu eu não, você que se vire, eu lá tenho cara de Silvio Santos juntando casal no *Em Nome do Amor*? E digo mais, ela gostou foi do Lilico.

Sério?

Arram.

Véi, sou mais eu, hein.

Cala a boca, Cleyton.

Não, tipo assim, massa, o moleque é meu chegado e eu acho que ele nunca nem beijou na boca, consegue nem falar direito com as minas, mas, assim, fala a real, Sara, quem é mais gato?

Ele, Cleyton, mil vezes.

Seu cu, ele é maior normal. Você diz isso só pra me sacanear.

Primeiro que você nem é bonito, e ele é gato sim, tem cara de homem.

Tô mal de família, viu, puta que me pariu.

***

Como Juliane nunca podia ir à casa de Sara, Sara acabou se convidando para ir à casa da amiga. Fazia meses que as duas eram melhores amigas na escola. Juliane, depois de desmarcar duas ou três vezes, aceitou. Marcaram para um dia em que o pai dela estivesse de plantão.
    Ele é muito rígido, Juliane repetiu.
    Plantão? O que ele faz?, Sara perguntou.
    É bombeiro.
    Profissão mais bonita do mundo, né?!, Sara disse.
    Juliane seguiu calada.

***

Assim que passou pela porta, Sara viu uma Bíblia tristemente aberta em cima de um aparador de vidro, com um copo d'água pela metade ao lado, e entendeu que a família da amiga era crente.
    Oi, Sara. Essa é minha mãe.
    Oi, tia.
    Oi, minha filha, tudo bem?, respondeu, desatenta, a mãe de Juliane. Uma senhora de quarenta e poucos anos, com o cabelo crespo preso num coque, uma saia bege à altura do joelho, uma camisa xadrez por dentro da saia e um tamanco de borracha. Na mão esquerda, um cigarro longo, aceso. Sara olhou para o cigarro por mais tempo do que deveria e a tia percebeu.

Quer um cigarro, minha filha?

Mãe!

Que que tem? Tô oferecendo. Quer fumar?, disse a tia enquanto retirava o maço de Hilton longo de dentro do sutiã e o oferecia à Sara.

Se a senhora não se incomo...

Mãe, ela não fuma! Que mania.

Antes de ser arrastada por Juliane, envergonhada da mãe, para o quarto, Sara pôde perceber um sorrisinho no canto da boca da tia.

Todas as paredes do quarto de Juliane eram cobertas com pôsteres. Bob Marley jogando futebol com Chico Buarque; Bob Marley com o cabelo *black power*, ainda antes dos icônicos *dreadlocks*, fumando um enorme baseado apertado em forma de cone; o rosto de Bob Marley mesclado com o do Leão de Judá; uma bandeira enorme da capa do primeiro disco dos Nativus, com o desenho de um homem de *dread* jogando bola e ao fundo a bandeira verde, amarela e vermelha; os integrantes do Tribo de Jah dentro de uma Kombi branca enevoada; Edson Gomes de boininha na capa vermelha do disco *Recôncavo*; e, perdida no meio dessas imagens, um recorte de revista da capa do primeiro disco do Sublime.

Hummmm, então a senhorita gosta de rock sim, Sara falou, provocando, fazendo graça.

Juliane olhou para ela e gargalhou.

Nada a ver, primeiro que Sublime nem é rock.

Oxe, é o que então?

Sei lá, é um monte de coisa, hahaha. Acho que é mais pra ska.

Jura? Queria ouvir. Você tem o disco?

Não. Eu vi uns clipes na MTV e gostei.

Será que já tem fita vendendo? Lá em casa não tem televisão por assinatura.

Nossa, tive que implorar por um ano pro meu pai assinar, e agora que assinou tudo que eu faço ele diz que vai cortar.

Hahaha.

Juliane foi até a estante, onde ficavam alguns livros, poucos, quase todos de poesia, e muitos artesanatos. Um desses artesanatos era um duende de argila sentado em cima de um cogumelo, fumando. E na sua boca ficava pendurado um incenso de sândalo, que Juliane acendeu com o isqueiro que retirou do fundo da caneca cheia de lápis de cor.

Sara sacou a deixa e sorriu. Juliane abriu o *Distraídos venceremos*, do Paulo Leminski, e tirou lá de dentro meio baseado, amassado.

Então eu não posso fumar um cigarro da sua mãe, mas cigarrinho de artista tá liberado?, Sara perguntou.

Claro! O problema não é fumar, Sara, o problema é admitir que fuma.

Juliane acendeu o baseado, deu dois longos tragos e passou para Sara, que antes de levar o beck à boca estudou seu aroma com extrema concentração. Depois de fumar, perguntou à amiga:

Nossa, que delícia. Esse é do Galego Chama?

Não, é um que eu peguei ainda quando morava lá no Guará. Bom, né? Maior sorte. Manga rosa, um pra um, acredita?

Menina, bom demais. Ainda tem?

Tá acabando, mas eu te dou uma prezinha. Qualquer coisa a gente vai lá buscar mais quando acabar.

Não sei, tenho medo. Melhor comprar com o Galego.

Que nada, é bem tranquilo. Não é boca de fumo, não. É numa locadora. Você aluga um filme e, na hora que chega no balcão, diz que queria um filme de fantasia, pra dar uma levantada no astral. Tem que ser essa frase, eu queria um filme de fantasia, pra dar uma levantada no astral. Aí ele pega e põe dez gramas dentro da fita. Ele só vende nessa quantidade, dez gramas, porque não tem como falar disso na frente de outros clientes, né.

Jura? Que loucura! E se o dono da locadora descobrir?

Ele é o dono, Sarinha.

Gargalharam juntas. E a risada se emendou em outra, que foi desaguar numa terceira, até que riram, quase sem parar para respirar, por três horas. Riram enquanto assistiam *Lagoa azul*, na Sessão da Tarde, riram ouvindo The Skatalites, riram quando Juliane tentou ler *Poema sujo* em voz alta, riram quando Sara pediu para ler a mão de Juliane, riram imitando o professor Gentil tentando pegar nos peitos das estudantes enquanto as abraçava. Até que Sara perguntou, rindo, se tinha rolado com o Lilico e Juliane respondeu, sem parar de sorrir, que sim, que tinha sido massa, que ela gostava mais dele a cada dia, que ele era meio travadão, assim, não conseguia tomar a iniciativa, e que foi ela que teve que roubar o primeiro beijo, foi ela que teve que pedir em namoro, mas que ela não ligava pra isso, achava até bonitinho, e que ele era cuidadoso com ela, o único problema é que ele era muito respeitador, respeitava até demais, e ela sentia isso, sentia que quando se beijavam ele se esforçava pra não encostar o pau duro nela, e ela queria que ele encostasse, mas se mostrasse isso, assim, poderia ser que ele se retraísse ainda mais, e que então o jeito era ir chegando aos poucos mais pra perto, um centímetro por minuto, até encostar, e que foi assim no dia em que transaram pela primeira vez, sempre ela na iniciativa, também, ele que era o virgem, e naquele dia, na banquinha fechada, começaram a se beijar, e ela foi se aproximando aos poucos, como se aproxima de um bicho acuado, um passo por vez, só que naquele dia ela não parou e, encaixada nele, baixou a mão, sempre aos poucos, um centímetro por minuto, da nuca à bunda deve ter demorado uma hora, mas aí chegou na bunda e apertou para perto de si, cada vez mais perto, e aí o Lilico se entregou e não teve mais que esperar nada e quando foi ver estavam trepando, em pé, ela de costas pra ele, com a cara imprensada contra a capa de uma revista *Quatro Rodas*, enquanto ele perguntava a cada minuto se estava bom, se devia ir mais devagar, como devia fazer, e acabou que foi ótimo, amiga, um tempo depois já nem parecia a primeira vez dele, e que agora ela queria saber se, puta que pariu, disse a Juliane e se levantou da cama num pulo, foi até a janela e olhou para baixo.

Meu pai chegou.

Juliane correu até a cômoda e pegou um frasco de perfume, que borrifou pelo quarto. Sacudiu os braços, forçando o ar a espalhar o aroma para disfarçar a marola do baseado. Deu um livro na mão de Sara e pegou outro para si. Disse para a amiga que deveriam fingir que estavam estudando.

Menos de um minuto depois o pai de Juliane abria a porta do quarto sem bater. Era um homem com menos de cinquenta anos, bronzeado, alto, forte, com os cabelos cor de acaju. Vestia uma farda bege do Corpo de Bombeiros, e em suas mãos se destacavam dois anéis de ouro, pesados, um em cada dedo mindinho. Cheirava a álcool.

Que susto, pai. Essa é a Sara.

Oi, tio.

Tio não, Valdemar. Pra você, Val. Tudo bem, Sara?, disse o tio enquanto caminhava em direção à amiga da filha sem tirar os olhos dos peitos dela. O aperto de mãos dura o tempo suficiente para a Sara se sentir desconfortável.

Você está em casa, Sara, qualquer coisa é só pedir pra minha mulher fazer, um lanche, um suco, quer lanchar, ô Elizabeth, Elizabeth, as meninas tão com fome.

E o plantão, pai?

O que tem o plantão?

Ué.

Ah, eu vim em casa, pá-pum, lanchar, você sabe, né, não dá pra apagar incêndio, como se diz, você entendeu, né, barriga vazia, tudo, coisa e tal.

Quando Valdemar saiu pelo corredor, as meninas se olharam constrangidas. Como se no silêncio trocado Juliane se desculpasse e Sara respondesse tá tudo bem, a gente não escolhe o pai que tem.

Dez minutos depois, Sara foi embora, sem lanchar.

Valdemar dormia no sofá da sala.

Elizabeth batia um bolo na cozinha.

Juliane voltou para o quarto e fechou a porta, gostaria de ter uma chave para trancá-la. Pegou o CD *Legend*, do Bob Marley, e enfiou no disc-man. Pôs "Everything's Gonna Be Alright" para tocar no *repeat*. Deitada na cama, com fones nos ouvidos, olhando para o teto. Não pensou no Lilico, não conseguiu dormir.

***

Juliane e Lilico namoravam havia alguns meses quando ele, no ano em que completaria dezoito anos, teve que se apresentar ao Exército. Ele não queria servir: planejava, convencido por Cleyton, prestar o vestibular para Desenho Industrial na Universidade de Brasília. Imagina que vida boa, moleque, desenhar, ver as gatas, fumar uns baseados naqueles gramadão, aprender a mexer com computador, isso que é vida, moleque, tu vai ver. Os dois estavam esperando terminar a escola para se matricularem num cursinho comunitário.

Lilico tinha medo de servir. Ou melhor, medo de si mesmo ao servir. Conviver vinte e quatro horas por dia com aqueles caras de farda, ter que ouvir sapos sem sentido, ordens idiotas, ofensas gratuitas, enfim, Lilico sabia que não conseguiria lidar direito com aquilo e que, cedo ou tarde, perderia o controle, jogando fora todo o esforço que vinha fazendo para domar a si mesmo, desde o último incidente, três anos antes.

***

Lilico tinha quinze anos de idade e estava trabalhando na banquinha com seu Índio. Lá dentro, uma cliente olhava as revistas que ensinavam a fazer artesanato, acompanhada do filho, de uns doze anos. O marido, pai do garoto, estava lá fora, encostado na lixeira, fumando. Pede pro seu pai, a mulher disse. O menino saiu da banca. Revista *Caras*? *Caras*? Você é um viadinho?, perguntou o homem puxando as duas orelhas do menino para cima. Hein, seu viadinho, para de gemer e responde, mas não teve tempo para a resposta porque o cotovelo de Lilico estourou a boca do homem, que nem entendeu de onde veio o golpe nem teve tempo para reagir, pois por longos segundos seguiu tomando socos, chutes e até mesmo uma cabeçada que duplicou o corte na boca já rasgada, e só por ter ficado preso pela camiseta numa quina da lixeira o homem não caiu, e Deus sabe como teria sido ruim para ele cair, naquele momento, o filho olhando em choque para a cena, a mulher desesperada pula nas costas de Lilico, e dá bolsadas e unhadas no seu pescoço, e quando Lilico larga o marido e se vira para vê-la, tem que fazer um esforço absurdo para não arrebentar a cara dela também.

Quando volta a si, Lilico percebe que a família já foi embora e uma dúzia de curiosos olham, a uma distância segura, para ele, querendo entender a confusão. Seu Índio não diz nenhuma palavra e, quando seus olhares se cruzam, ele balança a cabeça, devagar, como se desistindo do filho. Minutos depois, chega a polícia.

Seu Índio, como o dono do estabelecimento, foi aos policiais assim que eles desceram da viatura. Se apresentou. O guarda perguntou qual era o motivo daquela aglomeração e ele respondeu, quase sem sotaque, que houvera uma pequena desinteligência. O outro policial perguntou quem havia brigado e seu Índio perguntou se alguma queixa fora prestada. Os policiais se olharam, sem compreender. O velho jornaleiro continuou e disse que, se não houvesse flagrante, pelo pouco conhecimento que tinha da lei, precisariam de um boletim de ocorrência registrado, para seguir com os procedimentos. O policial respondeu que vieram só para ver se tudo estava nos conformes, e seu Índio agradeceu a atenção e disse que sim. Meio contrariados, meio sem compreender, os policiais voltaram para a viatura e foram embora, mas infelizmente a história não acabou aí.

O cara que apanhou do Lilico era casado com uma das sobrinhas do doutor Santos, e o doutor Santos era dono de tudo no bairro, inclusive da banquinha. Além disso, tinha uma empresa de segurança, com homens armados trabalhando para ele, e todo mundo já sabia que esses caras faziam muito mais do que evitar furtos e assaltos. Por causa disso, Lilico falou para Cleyton que estava com medo, que achava que ia dar merda, e Cleyton sugeriu que Lilico fosse embora, vai pra Sete Lagoas, tenho uns primos lá, depois você volta, mas Lilico disse que não fazia nem sentido, que talvez fosse melhor arrumar uma arma, mas arrumar arma onde, moleque?, tu não sabe nem atirar.

Foram dias complicados para o Lilico, para o Cleyton, para o Gilson, nem tanto para o Nico, que enfim conseguira começar a namorar com a Sara, e nem um pouco para mim, que não fazia a menor ideia do que estava acontecendo. Essa complicação só começou a arrefecer quando o doutor Santos mandou avisar que ia dobrar o preço do aluguel, como punição a Lilico, proposta que o seu Índio teve que aceitar cabisbaixo. Ao contar a novidade para o filho, o degenerado, o animal em duas patas, ele disse que o doutor Santos tinha optado por matar a família de fome e não de tiro, e que o Lilico podia andar tranquilo pelo bairro, mas teriam que trabalhar dobrado dali em diante para comer a metade.

Lilico, então, passou a abrir e fechar a banquinha, saía apenas para ir à escola, voltava e almoçava no balcão a quentinha que sua mãe trazia. Seu Índio teve que expandir os negócios para pagar o aluguel dobrado e, aproveitando o calor infernal, passou a vender água de coco. A ideia deu certo, e era Lilico quem abria a fruta com o facão, serviço para o qual se provou muito hábil, quase um malabarista, jogando o coco para o alto com a mão esquerda e com a direita acertando um único golpe, perfeito, que já deixava a fruta destampada, pronta para receber o canudinho. O faturamento da banquinha aumentou, mas não dobrou e, dessa forma, mesmo vendendo mais do que nunca, o padrão de vida da família passou a ser muito mais baixo do que era antes.

***

Foi por essa época que apareceu um velho de queixo quadrado e costeletas longas e o pouco cabelo, meio comprido, partido de lado, um velho conhecido que vinha uma vez por mês, falava com seu Índio, recolhia o dinheiro do aluguel e pegava uma água de coco, ou um maço de Plaza, às vezes uma latinha de guaraná Mineiro ou uma revista de mulher pelada, e nunca pagava, e nunca olhava para Lilico, mas nesse dia, antes ainda de guardar o pacote de dinheiro na pasta de couro, ele olhou nos olhos do jovem e disse, abrindo um sorriso largo, duro e caro, você cresceu muito, garoto, todo mundo do bairro tem falado sobre você, desse seu temperamento, e Lilico abaixou o olhar, constrangido, e disse, boa tarde, seu Boamorte, e o velho respondeu dizendo que aquilo que o Lilico pensava ser uma maldição na verdade era um talento, rapaz, e por isso eu vim te oferecer uma oportunidade, se você canalizar essa raiva vai se dar muito é bem, rapaz, você quer passar a vida toda trabalhando nessa banca? E Lilico, agora irritado, levantou o olhar e respondeu perguntando qual era o problema de trabalhar numa banca, ao que Boamorte sorriu dizendo, calma, calma, da mesma forma monocórdica que falava com seus cavalos de raça quando aceleravam o trote, olha o tom, olha o tom, você já pensou em trabalhar no ramo da segurança? Nesse exato segundo, um raio de sol bateu no seu dente lateral, que era de ouro, e refletiu direto no olho de Lilico, que imaginou a si mesmo arrebentando aquela cabeçona contra o meio-fio. Boamorte acendeu um cigarro, abriu a carteira que levava debaixo do braço e tirou um cartão de visitas. Entregou o cartão a Lilico, dizendo que teria uma vaga esperando por ele na empresa, dois salários mínimos mais benefícios, pôr um aparelho, arrumar esses dentes. Lilico se recusou a pegar o cartão, não, muito obrigado, não quero. Boamorte, ainda com o cartão estendido, disse pega o cartão, rapaz, não se deixa um homem de mão abanando. Não quero desrespeitar o senhor, seu Boamorte, agradeço a oportunidade, mas não tenho interesse. Boamorte olhou incrédulo para aquele garoto. Com delicadeza, deixou o cartão em cima do balcão e respondeu que, se Lilico mudasse de ideia, era só entrar em contato ou esperar a próxima visita. Lilico não mudou de ideia e quando, três anos depois, teve que se apresentar ao Exército, a imagem que lhe veio foi a de uma centena de Boamorte perfilados, de óculos escuros, fardas e palitos no canto da boca, e então sentiu os pelos do braço se eriçando e teve certeza de que não conseguiria lidar com eles e conter a tempestade ao mesmo tempo.

***

Lilico sabia que era do grupo preferencial para virar reco: trabalhava ajudando o pai desde os dez anos de idade, mas não tinha carteira de trabalho assinada. Era alto, atlético, moreno, tinha todos os dentes na boca, mesmo que fossem tortos. Não tinha problema de vista e, quando soprou as costas da mão, pelado diante do espelho, emulando o mais importante exame de admissão, constatou, triste, que pelo visto estava tudo bem com seus testículos.

Na semana em que Lilico ia se apresentar para o serviço militar obrigatório, Juliane sugeriu, mais uma vez, pedir ao pai que falasse com algum contato que tivesse um esquema para dispensá-lo. Meu pai tem muitos amigos, não custa nada pedir pra ele. Lilico agradeceu e não aceitou. Não poderia dizer com todas as letras, mas também não se esforçava para esconder que não gostava do sogro, que estava sempre meio bêbado, rodeado de garotas, falava alto, contava vantagem, gritava com a mulher e prendia a filha em casa sempre que possível. Ninguém poderia ser mais desagradável para Lilico, um jovem calado, sério, criado com firmeza por um pai também calado, sério, correto e severo, e por uma mãe que acolhia sem passar a mão na cabeça, tudo sob a égide de um conjunto de regras de um catolicismo latino-americano, que podiam ser resumidas em defender o mais fraco, desconfiar do mais forte e caminhar no certo, pelo certo. Lilico beijou a namorada e disse que não se preocupasse, que com certeza teria muita gente querendo servir, ele não ia dar esse azar.

Mesmo assim, Juliane achou melhor pedir ao pai que dispensasse Lilico. Valdemar, mais solícito do que costumava, disse que falaria com seus amigos com o maior prazer e pediu para que a filha anotasse o nome completo do namorado, a data de nascimento e o dia e local de sua apresentação. Juliane anotou.

***

Quando Lilico chegou ao quartel-general, numa manhã fria, teve que ficar perfilado com centenas de outros adolescentes na mesma situação. Não demorou muito e veio um reco falando alto, avisando que ia chamar alguns nomes que deveriam entrar na primeira sala à direita. Entre esses nomes, Juan Pablo Norabuena Urondo.

Entraram os garotos e o reco numa sala pequena, abafada, com uma mesa enorme de carvalho encerada que ocupava quase três quartos do cômodo. Ao lado dessa mesa, uma bandeira do Brasil numa base de alumínio. Na parede atrás, um quadro do general Emílio Garrastazu Médici com a moldura dourada, em arcos grossos, e um pôster do time do Paraná Clube, tetracampeão estadual em 1996 com gol de Ricardinho, sob o comando do delegado Antônio Lopes. Entre a mesa e a parede, uma cadeira de couro preta, engraxada, e, sentado nessa cadeira, um oficial gordo e branco, quase rosa de tão branco, que se fosse reco provavelmente seria apelidado de Presuntinho, pela espantosa semelhança com o personagem do desenho animado.

Lilico e os outros garotos se perfilaram diante da mesa, muito próximos uns dos outros, quase encostando braço com braço. O espaço era tão pequeno, e a mesa era tão grande, que o reco que os acompanhou teve que ficar na porta com meio corpo para fora.

O major Presuntinho olhou os garotos por alguns segundos antes de abrir a boca. Passeou com os olhos pelo olhar de cada um deles por tempo suficiente para que o jovem observado escolhesse mirar o chão. Lilico não olhou para baixo, então o oficial começou a falar o encarando, numa espécie de brincadeira estranha, talvez até um pouco erótica, em que venceria aquele que sustentasse o contato visual por mais tempo.

Peito pra fora, barriga pra dentro, disse o oficial.

Os meninos obedeceram.

Vocês agora vão jurar a bandeira da nossa pátria amada. Repitam as palavras do cabo, exatamente como ele falar. Falem pra fora, como homens, imponham a voz, estou cansado de moleques, sejam homens.

O major Presuntinho olhou para o cabo, que seguia com meio corpo na porta da entrada, e com um sinal de cabeça ordenou que ele lesse o juramento. Ele leu e os meninos repetiram, todos tentando falar o mais alto possível.

Depois do juramento, que durou poucos segundos, o oficial parabenizou os garotos pela sua atitude patriótica, afirmou que era um orgulho recebê-los nessa família que são as Forças Armadas Brasileiras, que agora eles eram companheiros de armas e em breve viria alguém ali tirar as medidas para a confecção da farda, e que em duas semanas no máximo já estariam todos lotados em algum quartel. E, ao mesmo tempo em que os enxotava com a mão, gritou "selva!", com toda a força da sua enorme caixa torácica.

***

Assim que voltou para casa, Lilico foi avisado por dona Cleomar que Juliane havia ligado quatro vezes. Lilico telefonou de volta. Quando ele contou para a namorada que serviria ao Exército, ela disse que não era possível. Que tinha pedido ao pai para arranjar um jeito de dispensá-lo. Lilico fingiu que não sabia disso e respondeu que não era necessário, que ele havia dito que não tinha motivo, mas que também não tinha problema, que ele entendia a motivação dela. Juliane ficou indignada com a situação. Lilico preferiu não dizer para a namorada que a única conclusão possível era que Valdemar tinha intercedido, sim, com seus conhecidos, mas para garantir que o genro tivesse que prestar o serviço militar. E encerrou a ligação dizendo que estava tudo bem, era um ano só, ia passar rapidinho, ele voltaria para casa todos os fins de semana, continuariam se vendo, inclusive pegaria aquele dinheiro que juntava desde os doze anos para tirar a carteira de motorista, tentaria resolver tudo logo nessa semana, já sabia dirigir mesmo, precisaria pegar apenas as cinco aulas práticas obrigatórias, pois talvez, se entrasse no Exército já com a habilitação, conseguiria escapar de dar banho em cavalo.

***

Ao desligar o telefone, Juliane calçou os chinelos e foi para a rua. Caminhou rápido até o bar do Odilon, onde Valdemar trabalhava como anotador do jogo do bicho nos dias em que não estava dando plantão no Corpo de Bombeiros.

Nessa época, minha família e eu morávamos em cima do bar do Odilon. Meu pai gostava muito de jogar e acabou ficando amigo do antigo anotador, o seu Lourenço. Me lembro dos dois bebendo juntos e jogando damas com caixas vazias de fósforos, no balcão, e também do meu pai recebendo maços de notas muito velhas, nas poucas vezes que a banca perdia e nossa família ganhava. Depois o seu Lourenço desapareceu, o Valdemar assumiu o lugar e meu pai passou a jogar em outras bancas, mas continuou bebendo no Odilon. Será que ele estava lá quando a Juliane entrou no bar e foi em direção ao Valdemar, que estava dando cerveja na boca e segurando na cintura de uma menina de top e shorts curtíssimos, mais nova do que a Juliane, e nem tentou disfarçar o que estava acontecendo, nem sequer tirou a mão da menina quando Juliane, de dedo em riste, chegou dizendo para quem quisesse ouvir que ele não conhecia era ninguém, não era capaz de arrumar nem uma dispensa no Exército, só tinha papo-furado, vivia uma mentira, não era de nada, que todo esse papo só funcionava era com essas putas, e você?, quantos anos você tem, sua vagabunda?, e o Valdemar esperou a filha chegar bem perto, ficar à distância de um braço, e quando, como um matemático, percebeu que a menina estava na posição perfeita, com seu um metro e cinquenta e cinco centímetros de altura e quarenta e quatro quilos, deu-lhe, ainda sentado, um tapa de costas de mão no meio da cara, fazendo com que seu pesado anel da maçonaria abrisse um corte no canto da boca da Juliane, que caiu em cima dos engradados vazios que estavam empilhados ao lado da mesa, misturando ao estardalhaço da queda o som de vidros quebrando.

Assustada, ela olhou para o pai sem entender direito, tonta, ainda do chão. Valdemar já não olhava para ela. A acompanhante de Valdemar fez menção de se levantar e ele a segurou, forte, pelo pulso, e disse que a noite era uma criança. Odilon veio com um pedaço de papel higiênico numa mão e um copo d'água na outra, ajudou Juliane a se levantar e a levou para fora do bar, limpou o sangue na sua boca com o papel higiênico e ofereceu a água. Juliane não aceitou, ou não entendeu, enfim, não bebeu, virou de costas e passou a caminhar sem rumo, bem devagarinho, com o olhar perdido em algum ponto desimportante lá na frente, esperando desintegrar-se de uma vez, antes de ter que chegar a algum lugar ou conversar com alguma pessoa.

***

Claro que a Juliane não contou para ninguém o que havia acontecido com ela, mas nessa cidade de interior que era o Núcleo Bandeirante no final dos anos 1990, as fofocas correram rápido. Por caminhos irrastreáveis, a história chegou ao ouvido de Sara, que já andava preocupada com a amiga que parecia ter abandonado a escola e não atendia suas ligações.

No mesmo dia em que soube do acontecido, Sara foi até a casa de Juliane. Chegando lá, bateu palmas no portão por longos minutos até que a mãe da amiga apareceu na janela.

Oi, tia, a senhora pode chamar a Ju?

Oi, minha filha, posso não, ela tá de castigo.

Castigo? Poxa, tia, vim lá de casa andando, nesse sol todo. Deixa ela sair aqui só um minutinho, só pra eu dar um oi pra ela, é um negócio da escola.

Escola. Sei. Tem como não, minha filha, o pai dela é rígido demais, se eu libero o castigo que ele botou e depois ele descobre, ele vai encrespar é comigo.

Vai descobrir como, tia?

Já disse que não tem como, minha filha, você tá ouvindo mal hoje, hein?

Poxa, então tá, tia, que pena, deixa um beijão pra ela.

Sara virou de costas e começou a caminhar, frustrada. Menos de dez passos depois, ouviu um assobio estranho, quase sem som, de uma pessoa soprando com toda força o ar dos pulmões, mas sem conseguir criar um som de apito. O ruído, baixo, mas repetido à exaustão, fez com que ela se virasse para trás. Era a tia. Debruçada na grade lateral da casa, ao lado da portinha de entrada para pedestres, sacudindo os braços. Sara voltou e, antes que pudesse dizer qualquer coisa, a mãe da amiga lhe tampou a boca com o dedo indicador, e sussurrou que o povo ali da rua era falador demais, os vizinhos todos vivem no pecado, mas gostam é de vigiar a vida dos outros, só pode ser o fim dos tempos, minha filha, o cristão na boca do fariseu, onde já se viu, vamos entrando, vai, vai, a menina tá mesmo precisando de uma amiga.

Sara entrou na casa, pisando pé por pé, tentando não fazer nenhum barulho. Dona Elizabeth entrou ao lado dela e fechou a porta. Pôs a mão no sutiã e tirou de lá seu maço de Hilton. Levou um cigarro à boca e acendeu com um isqueiro coberto por uma capinha de couro. Ofereceu o maço à amiga da filha. Sara, agora íntima da tia, pegou um cigarro e o enfiou atrás da orelha. Foi subindo as escadas em direção ao quarto de Juliane quando foi chamada por um psiu agressivo.

Pega mais um, disse a tia com o maço de cigarros aberto e direcionado a Sara. Ao ver que Sara não entendia a ordem, a tia acenou com a cabeça e os olhos para cima. Sara pegou o cigarro, guardou-o atrás da outra orelha, sorriu em agradecimento e voltou a subir as escadas.

Entrou no quarto de Juliane sem bater. A amiga estava deitada na cama, com os olhos fechados, ouvindo música no disc--man. Quando Sara se sentou na cama, perto dos pés da amiga, Juliane se levantou num pulo, assustada. Abraçou a amiga e, com a cabeça em seu ombro, começou a chorar sem barulho. Ficaram assim por longos minutos, Juliane chorando no ombro de Sara e recebendo dela um cafuné. Até que Sara tirou os tênis com os pés e se deitou na cama, puxando a amiga para deitar ao seu lado. As duas ficaram de lado, uma de frente para a outra, ambas com as pernas dobradas, uma sobre a outra, os joelhos à altura da barriga. Juliane chorando em silêncio, Sara lhe tocando os cabelos. Depois de um bom tempo, Sara diz:

Eu sei que é foda, amiga, na frente de todo mundo, mas você tem que reagir, tocar a vida, não dá pra ficar só aí...

Não, Saroca, não.

Como assim? Só tô querendo te dizer que...

Eu tô grávida.

Nesse momento, Sara se levantou, foi até a estante e pegou a caneca cheia de lápis de cor. Foi tirando lápis por lápis com a mão direita e levando, um por um, para a mão esquerda, onde os segurava alinhados, ponta com ponta. Apenas depois de segurar o último lápis, lilás, pegou o isqueiro que ficava escondido no fundo. Segurou o isqueiro na mão direita e guardou todos os lápis que estavam na mão esquerda dentro da caneca, gastando o máximo de tempo que conseguiu. Só então retirou os dois cigarros que estavam atrás das orelhas, levou-os à boca e os acendeu com uma só chama, ao mesmo tempo. Ofereceu um deles para Juliane, que se sentou na cama, abraçou os joelhos em direção ao peito e aceitou. Sara deu um longo trago no seu cigarro, sentou-se ao lado da amiga e, tocando com carinho seu pé, perguntou:

    Vai tirar?

VERDADE

É 1990 e, nos últimos anos, a vida melhorou demais, tem que ver o sítio, coisa linda, um açude enorme cheio de traíras, tudo quanto é tipo de fruta no pomar, até mesmo maracujá que é cheio de nove-horas, duas dúzias de frango, dois porquinhos engordando, dois manga-larga marchador e mais uma meia dúzia de potrinho pra criançada, desde que você entrou pra reserva como tenente-coronel sua vontade é mudar pro sítio, passar o dia todo por lá, a cidade grande é complicada demais, mas infelizmente você não pode, a empresa cresceu muito, graças a Deus, e hoje são duas dúzias de funcionários e mais três bairros pra cuidar, sem ser as três bancas de bicho que o doutor Santos te deu como presente por vinte anos de amizade, ele chama assim, amizade, três bancas mais ou menos, é verdade, mas ainda são três bancas, você agradeceu emocionado, mas no fundo pensou que aquele velho é mesmo um filho da puta, sempre dando as migalhas como se fossem ouro, se ele te dá um cruzado é porque ganhou mil nas suas costas, e se você não agradecer, ou, como ele diz, demonstrar respeito, é pior, você se lembra do que já teve que fazer pro velho pra conquistar esse tal respeito, é certo que você também fez seu nome nessa, e que por isso não pega uma fila nem paga um jantar no Núcleo Bandeirante, mas agora, completando meio século de vida, a diabetes atacando devagar, aos poucos, murchando o pau, fodendo as vistas, adormecendo os dedos do pé, nessa hora, quando você percebe que o tempo vai acabar, é inevitável olhar pra trás e repensar tudo.

 Claro que você não tem aquelas frescuras, mentirada de pistoleiro, de que antes de dormir é assombrado pelos fantasmas dos homens que despachou, papo de cordel, você sempre dormiu bem, e quem morreu tá morto, foda-se, já não dá mais trabalho nem tem mais como encher o saco, o que te incomoda é a mais antiga das questões: de que adianta ganhar dinheiro e continuar pau-mandado?

 É verdade que você tem alguns negócios, pequenos, mas seus, o apartamento com as raparigas foi você quem montou e lá é você quem manda, e também comprou o lava-jato, uma banca de verduras e um armarinho no nome dos filhos, mas o grosso do dinheiro é de ordenado, então no fundo você continua sendo um *pião*: foi *pião* de obra, *pião* de farda, *pião* de imobiliária, *pião* do bicho e agora é um *pião* com um sítio e um dente de ouro. Grandes merdas: uma vez *pião*, sempre *pião*.

COMO NASCE UM DETETIVE

No dia 4 de agosto de 1998, completei doze anos de idade, e o motoboy Francisco de Assis Pereira, o famigerado Maníaco do Parque, foi preso pelo assassinato de onze mulheres no estado de São Paulo.

Estávamos em casa: meus pais, eu, o Gilson, os Hanson, alguns poucos amigos, alguns amigos dos meus pais com os filhos que não eram meus amigos. Todo mundo com um chapeuzinho de papelão na cabeça. Vejo no álbum de fotografias o elástico do meu chapéu espremendo até quase sangrar minhas bochechas gordinhas e concluo que é por isso que estou com a cara tão fechada. Devo ter achado que foi muita sorte, no meio do "com quem será", antes que os irmãos Hanson, Thiago e Rodrigo, caguetassem para todos os presentes que eu era apaixonado pela Sabrina, aquela gordinha repetente com pernas de bailarina, cabelo cacheado e, o mais importante, olhar de quem transava, mas, enfim, antes que eles gritassem vai depender se a Sabrina vai querer, meu pai ter gritado, já meio bêbado, cala a boca, cala a boca, desliga o som. Todos se calaram, assustados, e "Defunto Caguete", do Bezerra da Silva, ainda soou por poucos segundos até que o Gilson foi ao aparelho de som e subiu a agulha. Meu pai correu até a televisão e aumentou o som. Ouvimos, tensos, aquele pã... pã-pã-pã... pã... pã pã pã pã... do plantão da Globo. Olhávamos, todos, para a tela da televisão quando o apresentador disse que o Maníaco do Parque, aquele a quem minha mãe chamava de O Psicopata da Motocicleta, finalmente havia sido preso.

Meu pai e os outros homens adultos comemoraram como se fosse um gol. Pularam, se abraçaram, viraram copos cheios de cerveja, brindaram comemorando que agora arrombariam o filho da puta na cadeia, vai ficar que nem o túnel de Mônaco, vai cagar pra dentro todo dia o desgraçado. Minha mãe perguntou para eles se aquilo traria as mulheres de volta à vida, mas acho que eles nem ouviram.

Meus amigos queriam provar o bolo, e eu, bom, eu ainda não sabia, mas estava começando, ali, naquele instante, minha primeira investigação.

***

Antes do advento da internet, os investigadores tinham que passar os dias na biblioteca, encontrando em estantes desorganizadas livros cheios de poeira, que de pronto já atacavam a sinusite, voltando à cadeira para escrever longas observações à mão, alimentando a lesão por esforço repetitivo, tudo isso sentados por horas em cadeiras duras, sem estofamento, que geravam enorme dor lombar, aceleravam a inflamação das hemorroidas e, para os menos sortudos, criavam enormes furúnculos na bunda graças à inflamação de pelos encravados friccionados por tanto tempo contra o jeans da calça Lee. Só os vocacionados não desistiam.

Na minha investigação sobre o Maníaco do Parque, compensei minha pouca idade, a falta de formação acadêmica e a ausência de uma biblioteca pública no bairro com um estado perene de atenção total. Sempre que eu passava perto de uma televisão, ativava os ouvidos para ver se falavam algo sobre meu caso. Nas poucas vezes que estavam falando, eu me concentrava e, no exato segundo em que absorvia a informação, já conseguia memorizá-la. Era assim também na rádio, quando algum locutor falava sobre o assunto entre as músicas. Duas ou três vezes por semana, eu passava pela banquinha do seu Índio, atrás de matérias sobre o famigerado motoqueiro. Como eu estudava de tarde e o Lilico, como todos os secundaristas, de manhã, e eu morria de medo dele desde aquela vez em que o vi espancando, talvez até assassinando, aquele cara na rua do Cleyton, eu só ia à banca quando sabia que o Lilico não estaria por lá. O seu Índio não me dava muita atenção, mas também não brigava comigo por folhear o jornal do dia. Fosse por televisão, rádio, jornal, revista ou fofoca, eu sistematizava as informações que conseguia em dois níveis. No consciente, escrevendo todo santo dia sobre o assunto, fosse acrescentando novas descobertas ou criando conjecturas; e no inconsciente, com um pesadelo que se repetiu por um ano inteiro, todas as noites, me fazendo acordar em pânico.

Nele eu andava por uma praia linda, deserta, no horizonte podia ver o mar azul-clarinho encostando num céu que, a princípio, também era azul, mas que ia alvorecendo em tons de laranja, rosa, azul-escuro, roxo, muito roxo. Uma moto parava ao meu lado e, antes que o motoqueiro tirasse o capacete, eu já sabia quem era. Tentava correr, mas não conseguia, patinava na areia agora movediça. Ele descia da moto vestindo a máscara do filme *Pânico*, com uma serra elétrica nas mãos, e me partia ao meio, num corte vertical, do saco até a testa. Mesmo dividido em dois, eu ainda conseguia sentir quando ele jogava gasolina sobre meu corpo, acendia um isqueiro Zippo e fazia churrasco de Danyltinho enquanto se masturbava olhando para o meu corpo em chamas.

Durou um ano esse sonho. Nem a benzedeira, nem a psicóloga, nem rezar o terço antes de dormir, nada fazia o pesadelo parar. O que me curou foi o jogo do bicho.

***

Em 1999, um mês depois do dia em que Juliane contou para Sara que estava esperando um filho de Lilico, meu pai me acordou com um livro de interpretação dos sonhos para o jogo do bicho. Ele disse que meu sonho devia ser Deus nos dando uma chance. Conversamos e decidimos juntos o que jogar. Meu pai me chamou para ir com ele, e eu, muito animado, aceitei. Descemos as escadas e começamos a caminhar.

Ué, pai, não era aqui no Odilon?

Não, o seu Lourenço teve uns probleminhas, saiu, aí esse cara que tá aí, não gosto de jogar com ele, não, tem um olhar esquisito.

Caminhamos alguns minutos até a SalgaDóris, lanchonete especializada em salgados fritos.

Dia, dona Dóris, fazer uma fezinha, disse meu pai ao entrar na loja.

Ô, meu querido, maravilha. Tá com palpite bom hoje?, respondeu a idosa.

O meninão aqui, disse meu pai com um sorriso nos lábios e bagunçando meus cabelos.

Palpite de criança é bom demais, São Cosme e Damião ajuda. Vai querer o quê, filho?, ela perguntou olhando para mim.

Enroladinho de salsicha.

Meu pai e dona Dóris gargalharam. Não entendi que ela estava me perguntando no que iríamos jogar.

Esse aí é bom de prato, dona Dóris, e olha que já tomou café da manhã, sabia? Dá um enroladinho e um Baré pro garoto. Dá uma skolzinha pra mim também, dona Dóris, calor demais, né.

Depois de servir meu lanche, a dona Dóris pôs os óculos de grau na ponta do nariz, abriu uma gaveta e retirou de lá uma caderneta pequena e um bloco de papel-carbono. Colocou o carbono embaixo da primeira folha da caderneta e foi anotando conforme meu pai ia falando bichos, dezenas, centenas, milhares, ternos de grupos, duques de dezenas, inversões, cercadas.

Meu enroladinho acabou antes que eles terminassem de escrever as apostas.

Dá mais um, dona Dóris?

Não, não, tá bom, para de ser esgulepado, menino, disse meu pai.

Terminaram de jogar, dona Dóris destacou o papel com o jogo anotado e guardou numa gaveta, antes de dar a cópia dele para meu pai, que fez o sinal da cruz e beijou o papelzinho antes de guardá-lo no bolso da camisa. Depois, ela somou ao preço do jogo meu lanche, meu pai pagou, nos despedimos e voltamos a caminhar, ele com a latinha de Skol numa das mãos e o cigarro na outra, eu com um copo descartável com o resto do Baré e uma leve tristeza por ainda sentir fome.

No meio do caminho tinha uma algazarra. Três ambulâncias do Corpo de Bombeiros, duas viaturas da Polícia Militar, duas da Polícia Civil, vários curiosos amontoados diante de uma casa. Meu pai pediu que eu esperasse debaixo de uma árvore e foi lá ver o que estava acontecendo. Voltou pouco tempo depois, e eu já estava quase morrendo de curiosidade para saber o que tinha acontecido.

Horas mais tarde, meu pai ganharia uma bolada no sorteio das seis da tarde. Acertou milhar e centena na cabeça, grupo e um duque de dezenas. O bicho pagou certinho, como diz o manual, vale o que tá escrito, acertou, levou, e tanto faz quem morreu. Com todo aquele dinheiro, daria para pagar as dívidas, trocar os quatro pneus da Brasília, reformar o mofo no teto do banheiro, comprar duas calças jeans Levi's 505, uma para ele e outra para a minha mãe, e talvez ainda sobrasse dinheiro para me dar o tênis Adidas SL 76, verde e com as três listras brancas. Uma pena não ter dado tempo.

Mas naquele momento eu não tinha como saber tudo o que aconteceria depois, e apenas vi o velho voltando, vindo na minha direção, tomando mais da metade da cerveja num único gole, amassando a lata com as mãos antes de jogá-la no chão, depois um arroto discreto, cinco ou seis tragos seguidos, com a sobrancelha franzida. Perguntei o que havia acontecido e ele respondeu:

Mataram um bombeiro, filho.

SERVIR E DANÇAR

Lilico gostava muito de carros. O melhor dia do seu mês era quando chegavam as revistas *Quatro Rodas* na banquinha. Passava horas lendo as matérias, olhando as fotografias, aprendendo sobre motores, torque, cavalos, alimentando o sonho distante, mas não impossível, de comprar seu Gol GSI. Ele já sabia que cortaria apenas uma mola e as rodas seriam de magnésio. Enquanto esse dia não chegava, ele se concentrava em cuidar do Chevette 1979, 1.4, amarelinho, da família. Aos domingos, Lilico acordava antes de todos, passava o café e ia lavar o carro na frente de casa. Levava dois baldes, um detergente neutro, uma esponja grande, e ficava lá até a hora do almoço. Às vezes ouvia rádio, mas gostava mesmo era de pôr para tocar a fitinha que o Cleyton tinha gravado para ele com Rage Against the Machine de um lado e Racionais MC's do outro. Só parava quando a comida já estava servida e a mãe perdendo a paciência de tanto chamá-lo para almoçar. Comia rápido e, depois de pedir a permissão para se levantar, voltava para o carro. E então passava a tarde toda encerando o Chevette com uma flanelinha alaranjada. Nunca achava que estava bom o suficiente, sempre tinha um cantinho que ainda merecia atenção, mas antes do cair do sol ele tinha que parar mesmo assim, para tomar um banho e ir para a missa.

***

Quando foi lotado no quartel-general da Cavalaria e designado à patriótica tarefa de dar banho nos cavalos, Lilico os tratou como se fossem de lata. Ainda nos primeiros dias de serviço, um praça viu que os cavalos estavam mais cheirosos do que os soldados, mandou chamar o recruta e o promoveu a lavar os jipes.

A rotina não o incomodava tanto. Acordava todos os dias às cinco da manhã, ouvindo o estridente "Toque da Alvorada". Pulava da cama, esticava o lençol, vestia a farda e seguia para o rancho para tomar o café da manhã: pão com margarina, café com leite, uma banana. A corneta tocava de novo e todos tinham que se apresentar, em forma, para o oficial. Todos perfilados, o comandante dizia quem iria pintar meio-fio, quem iria cortar grama, quem iria lavar banheiro, lavar cavalo, lavar jipe, pintar a casa do sargento ou levar o filho do coronel para passear no shopping. Dada a ordem, vinha o momento de formação: uma longa fala sobre os valores morais em queda, a desordem social que se avizinhava e a vocação cívica do Exército que, com mão forte e braço amigo, estaria sempre a postos para cumprir sua missão constitucional de defender o país dos aventureiros e falsos messias.

Não demorou para Lilico sentir que a palestra era o pior momento do dia. Dormir num colchão fino num beliche de ferro? Tranquilo. Conviver com outros cem moleques, cada um de um jeito? Tá massa, parece a escola, é só não aparecer demais. Acordar com uma corneta desafinada? Ok. Café com leite frio? Tudo bem. Mas ouvir aquele velho alemão de dois metros de altura, os olhos azuis, o cabelo quadrado, meio amarelo, meio prateado, a boca sem lábios, reta, fina como uma linha de costura, discursando com seu sotaque paulista, um-dois!, sobre a importância da barba estar bem-feita, do coturno estar bem engraxado, da coluna estar ereta e, o mais irritante, falando tudo isso como se fosse de fato uma autoridade guerreira, como se já tivesse pelo menos lutado alguma batalha ou feito qualquer coisa além de mandar recrutas lavar banheiros, cavalos, jipes, fardas... Lilico olhava para aquele Ivan Drago e via a si mesmo enfiando a coronha do fuzil naquela boca sem carne, num golpe único, direto, forte, que quebrasse todos os dentes da frente, só para ver se continuaria explanando esse tanto com a fala fofa de banguela, ou se manteria a perfeita dicção e o insuportável sotaque paulista enquanto se engasga no seu próprio sangue, o filho da puta, e então respirava fundo, desviava o olhar, mentalizava as covinhas de Juliane ou a oração de São Miguel Arcanjo até passar o arrepio.

***

Quando Lilico voltou para casa pela primeira vez, depois de dois meses aquartelado, sua mãe o abraçou com saudades. Meu filho, tá corado, coisa boa, mas tá muito magro, tão te judiando muito lá? Lilico respondeu com seu sorriso tímido, achando engraçado, tá tudo certo, mãe, tudo certo, e a senhora conseguiu ir buscar minha carteira de motorista? Dona Cleomar caminhou até a mesa da copa, onde ficavam as correspondências, e voltou com o envelope em mãos. Entregou para o filho, que agradeceu. Fardado e, antes ainda de tirar a mochila das costas, com a permissão para dirigir numa das mãos, caminhou até o telefone e discou para Juliane. Surpreendeu-se ao ouvir que não era possível completar a ligação. Tentou mais uma vez e ouviu a mesma mensagem. Foi ao quarto, tirou e dobrou a farda, pôs a bermuda, os chinelos, a camiseta surrada do Nirvana e foi caminhando em direção à casa da namorada.

Chegando lá, tocou a campainha diversas vezes, bateu palmas e gritou pela Juliane. Não teve resposta. Do que se via pela grade da frente, tudo estava normal, à exceção do fato de que não era normal, em pleno sábado, que não houvesse ninguém em casa, já que, desde que tinha conhecido a namorada, a família não havia saído junta nenhuma vez. Decidiu que voltaria mais tarde.

Ao voltar, parou na banca de revistas. Seu pai folheava um jornal em espanhol. O velho o olhou com carinho, quase esboçando um sorriso, e perguntou como tinham sido os primeiros dias. Lilico respondeu sucinto, tudo certo, pai, me acostumando. Seu Índio queria saber mais, perguntou sobre o cotidiano, ao que o filho respondeu que lavava cavalos, lavava jipes, corria e se exercitava, e que estava começando a aprender a manejar as armas, já tinha atirado com pistolas e em breve começariam com os fuzis. Seu Índio achou engraçada a forma de narrar do filho.

Eu sei como é, hijo, ele disse.
Sabe?
Sei.
O senhor serviu ao Exército?
Más ou menos.
Como assim?
A essa pergunta, seu Índio não respondeu. Como sempre fazia quando não queria responder ao filho, aproximou-se dele

e lhe deu dois tapinhas carinhosos na face, sucedidos por um aperto carinhoso no ombro.

Posso pegar o carro hoje, pai?, perguntou Lilico mostrando sua carteira de habilitação.

Seu Índio permitiu, mas disse ao filho que ficasse por perto, pois a gasolina estava acabando. Lilico respondeu dizendo que encheria o tanque na volta. Seu Índio não aceitou:

Juan, o carro é meu e os custos são meus, andate por aqui.

***

Como combinaram por telefone, Cleyton, Gilson e Mano Bola se encontraram às oito horas na praça. Nico não pôde ir porque foi ao cinema com Sara, assistir à estreia de *O clube da luta*. Lilico chegou alguns minutos depois, pilotando o Chevette do pai. Os três entraram no carro, Cleyton e Gilson no banco de trás, Mano Bola no banco da frente.

Cleyton já entrou dizendo:

Caralho, moleque, massa demais, sair de carro sempre agora, hein, nunca mais voltar de corujão, teu pai vai emprestar direto, né.

Bora pra onde?, Lilico perguntou achando graça do ânimo do amigo.

Mano Bola levantou a camisa e, de debaixo da dobra do peito, tirou um tabletinho de maconha prensada.

Que moleque escroto, disse Gilson.

Puta merda, Bola, fumar teu suor, nojento, tu tá de sacanagem, disse Cleyton.

Que o quê, melhor mocó, os coisa nunca olharam minhas teta. E outra, melhor no peito do que no saco, que nem tu.

Quem tem seda?, perguntou Mano Bola olhando para trás.
Tá maluco, véi, aqui não. Guarda isso, disse Lilico.
Não é pra tofar agora não, só apertar, cabeção, calma.
Vai que cai no banco, fica marola, guarda isso, é melhor.
Os amigos riram com a paranoia do motorista. Mano Bola voltou a guardar a erva, mas agora no bolso. Decepcionado, abriu o porta-luvas para ver o que tinha lá dentro.
Fecha essa porra, Bola.
O que será que o velho Índio guarda aqui?, perguntou Mano Bola, levantando um molho de chaves.
Deixa aí, caralho, é a chave da banca.
Ô moleque xarope dos infernos, respondeu Mano Bola, colocando o molho de chaves dentro do porta-luvas.
Vão continuar a viadagem ou bora logo pro Morro da Capelinha?, perguntou Cleyton. Falar nisso, moleque, tu tá pensando em começar a dirigir essa noite ainda?
Todos riram. Lilico engatou uma primeira e foi arrancando bem devagarinho, se posicionando muito perto do volante, com a coluna ereta e distante do encosto do banco, olhando repetidas vezes para os dois lados, apreensivo. Dirigiu devagar até chegar à área rural do Park Way. Lá, pegou a estradinha de terra e parou aos pés de uma pequena montanha de cascalho vermelho, adornada por árvores secas, com uma pequena construção abandonada no topo, com uma cruz em cima. Os quatro amigos começaram a subir o morro. Era uma noite seca, fria, iluminada por uma enorme Lua cheia.
Algumas horas depois, Lilico decidiu que era hora de partir. Na primeira vez que ele pegava emprestado o carro do pai, gostaria de voltar antes que o velho sentisse falta. Não

precisou falar isso, bastou que se levantasse e esfregasse as mãos para que os amigos entendessem e o seguissem. Com a boca seca e os maxilares doendo depois de tantas gargalhadas, entraram no carro. No banco de trás, Gilson pingou o colírio Moura Brasil nos olhos e ofereceu aos amigos, que aceitaram. Cleyton tirou um vidrinho de Kaiak do bolso do casaco, borrifou no pescoço e nos punhos. Depois ofereceu a colônia aos amigos, que aceitaram e seguiram o mesmo ritual. Mano Bola pegou o pacote de Halls preto, colocou uma bala na boca e a mastigou. Depois de engolir, pegou mais uma bala e passou as que restaram aos amigos. Todos aceitaram, e então Lilico ligou o carro. Deu a partida, engatou uma primeira e, enquanto tentava pôr o Chevette em movimento, o carro engasgou e morreu. Os amigos riram. Lilico tentou de novo e mais uma vez o motor não funcionou. Os amigos riram menos. Na terceira vez, quando enfim conseguiu pôr o Chevette em movimento, Cleyton abriu a janela e gritou agradecendo a minha mãezinha Nossa Senhora de Aparecida por preservar a vida dos seus filhos dirigindo o carro no lugar desse imbecil. Os quatro tiveram mais uma intensa crise de risos.

DESTINO

Em 1996, você sabe que mesmo sem metade da visão ainda enxerga muito melhor do que aquele merda, porque o olho tanto faz pra quem sabe tatear, e então aquela ideia antiga vai criando corpo até virar um querer, e aí não sai mais da cabeça, o dia todo pensando nisso, perdendo o sono pensando como, virou um sonho, e mesmo que nunca seja tarde pra sonhar, o peito vive ardendo, não sente mais o pé e nos últimos tempos deu até pra cagar sangue, então se não for agora talvez não dê tempo, e se não der tempo nada valeu de nada.

Claro que é possível, sem nenhuma dúvida, por que não seria, pode até ser fácil, melhor dizendo, talvez o mais difícil seja ter peito pra tentar, que nem casa que tem cachorro: a função dele não é morder, a função dele é latir pra que o ladrão desista de pular, se ninguém nunca pula o cão pega a fama de brabo e aí mesmo é que ninguém nunca mais vai tentar pular, se o animal for manso aí é pule de dez, ganhou sem jogar, se for de morder então ficou elas por elas, mas se for besta fera, raro, mas acontece, o dono que se cuide porque no frigir dos ovos a casa nem dele é.

Pra frente, então, você sabe o que quer, sabe que vai conseguir e que não pode demorar, e a questão do como já não te preocupa, vai ser como sempre, como tudo, ripa na chulipa, debaixo da porrada é que se separa os homens dos meninos, e nos últimos cinquenta anos você viu que tem muito, muito, muito mais menino do que homem solto por aí, de comunista a punguista, de pistoleiro a ladrão de banco, quando o chicote estrala, nove em dez são meninos, se borram, chamam a mamãezinha, raridade é achar um homem, e você que tateando enxerga melhor do que todo mundo nessa merda já há muito vem observando aquele menino que de fato é um homem e está fazendo por merecer uma oportunidade.

***

Foi por acaso que você reencontrou o Val, aquele molecote que vivia te enchendo o saco, em 1998 numa briga de galos num rancho lá pra perto do Recanto das Emas, o lugar era um espetáculo, um galpão enorme com três ringues, um bar grande, banheiro limpo e umas gostosas andando pra lá e pra cá, superorganizado, a aposta ficava numa mesa logo na entrada, já tinha que chegar sabendo dos combates e do histórico dos bichos, quais eram os de luta e os que só ciscavam, e casar o dinheiro na hora, muito melhor do que aquele esquema antigo que o perdedor podia sair correndo pelo meio do mato sem pagar.

Você chegou lá já com uns uísques na cabeça e logo na entrada viu um cara com a farda bege dos bombeiros, e ele te reconheceu, seu Ciço, quanto tempo, e veio se achegando, no começo você ficou até meio preocupado, até que ele disse, sou eu, o Val, e aí você reconheceu, rapaz, que coisa boa, aquele molecote agora é homem feito, irmão de farda, você disse, pois é, arrumei um contato, já tá pra fazer dez anos que entrei, e o senhor, tá lá com o doutor Santos ainda?, ele perguntou, mais ou menos, você respondeu, agora somos sócios, você disse e ele te parabenizou pela conquista, pediu pra você esperar e foi buscar duas cervejas, ele voltou rápido, falando alto e vocês engrenaram num papo bom, falaram da vida, ele contou que tinha uma filha, você falou pra ele do sítio, foram algumas vezes cheirar na viatura, o pó do garoto era bom, assistiram a duas ou três rinhas, mas estavam entretidos mesmo era na conversa, um falando mais alto do que o outro, os dois se atropelando e rindo, até que uma hora, lá pras três da manhã, ele te perguntou se você não tinha um serviço extra pra ele, porque tava muito difícil viver só com o soldo, você sabe como é, a gente precisa fazer um a mais pela família, e você, um pouco por causa da farinha, mas também porque sempre simpatizou com aquele rapaz, disse que tinha um anotador que tava preguiçoso, que se o Val quisesse pegar o posto dele tava à disposição, mas teria que ele mesmo dar um jeito no cara porque ele era das antigas e tinha moral com o doutor Santos.

 Uma semana depois, o seu Lourenço desapareceu e dali há um mês Valdemar se mudou com a família pro Núcleo Bandeirante, onde começou a anotar o bicho no bar do Odilon.

TEMPORADA DE CAÇA AOS PARDOS

Na pista apertada da entrada do Núcleo Bandeirante, antes da ponte em cima do córrego, entre o Viveiro de Mudas da NovaCap e a mata, dois cones alaranjados sinalizavam uma blitz. Ao perceber isso, Lilico endureceu no banco do motorista, chegou ainda mais para a frente e apertou o volante com as duas mãos, com força. Mano Bola, no banco do carona, tirou o boné e o jogou para trás, e rápido começou a pentear o cabelo crespo, raspado, para o lado, com uma das mãos. Gilson, que cochilava com a cabeça encostada no vidro, foi acordado com um safanão por Cleyton mandando que dispensasse a maconha, e obedeceu sem pestanejar, mesmo sem entender, metendo a mão no saco e pegando o resto do prensado que sobrara, um quadradinho de um centímetro mais marrom do que verde, e jogando pela janela do motorista. O policial que estava sinalizando a blitz dispensou os três carros que estavam parados e mandou que o Chevette encostasse. Tranquilo, tranquilo, Lilico falou baixinho, com um leve e raro sotaque espanhol que só aparecia nos momentos mais tensos, enquanto parava o carro bem próximo ao meio-fio. Com o carro parado, Lilico desligou o motor, ligou a luz interna e levantou as duas mãos. Mano Bola, Cleyton e Gilson também já estavam de mãos erguidas.

O sargento X tem um metro e cinquenta centímetros de altura, supõe-se pelo espaço que há entre seu corpo magro e a farda cinza, esgarçada. Parecendo uma criança dentro das roupas do pai, ele se aproxima do carro. O revólver na sua mão aponta para o chão.

Documento do carro e habilitação, ele diz com a voz muito grave, que quase não cabe naquela pequena caixa torácica.

Sim, senhor, responde Lilico, ainda de mãos erguidas. O documento está aqui em cima, posso pegar pro senhor? Ao ver que o policial faz que sim com a cabeça, o Lilico, com a mão direita, abaixa o quebra-sol e, com a mão esquerda ainda erguida, pega uma carteira de couro preta. Entrega ao policial.

Só o documento, garoto, diz o sargento X.

Lilico volta a mão que segura a carteira para o colo e depois a ergue até a altura do volante, bem à vista do inquisidor. Abaixa a mão esquerda que ainda estava erguida e, com muita delicadeza, tira de dentro da carteira os documentos do automóvel. Ergue a mão esquerda com o papel e entrega ao policial. Mantendo, durante todo o tempo, a mão direita erguida, que já começa a formigar. O sargento X recolhe o documento:

Habilitação.

Sim, senhor. Minha permissão está na minha carteira, no meu bolso traseiro, do lado direito. Posso pegar?

O sargento X dá um passo para trás e aponta a arma para Lilico:

Tá escondendo o quê, garoto?

Nada, senhor, pelo amor de Deus, só estou, eu, quero dizer, respeito muito o trabalho...

Habilitação.

Com o braço esquerdo erguido, agora para fora da janela, Lilico, com a mão direita, pega a carteira no bolso traseiro e a coloca no painel do carro, em cima do velocímetro. Abre a carteira, pega a permissão, retira o papel do plástico, sempre utilizando apenas a mão direita, que ainda formiga. Entrega o documento ao policial.

Chave do carro.

Com a mão esquerda ainda erguida para fora do carro, Lilico retira a chave da ignição e a entrega ao sargento X, que parte rumo à viatura, parada mais adiante com o giroflex ligado. Entra no veículo e fecha a porta.

Os quatro amigos continuam sentados dentro do carro, com as mãos erguidas e a luz interna acesa. Os carros que passam diminuem a velocidade para observar a cena. Uma idosa no banco do passageiro põe a cabeça para fora da janela, sorri, e faz com as duas mãos um sinal de que eles se foderam. Algum tempo depois, Bola diz:

Peitinho, Peitinho, dispensou?

Dispensei, responde Gilson. E os documentos, tão em cima?, pergunta para Lilico.

Acho que sim.

Então tá tudo certo, tudo certo, só não moscar. Tá tudo certo.

A porta da viatura se abre e o sargento X desce. Com ele, vêm mais dois policiais. Os três caminham em direção ao Chevette. O cabo Y tem sardas nas bochechas e um bigode ralo, cor de cenoura. O soldado Z é moreno, alto e forte, talvez até mesmo bonito fora da farda. Sincronizados, Y e Z apontam as armas para o carro no exato segundo em que o sargento X ordena que saiam do veículo, com as mãos para cima e olhando para o chão.

Pela porta do carona, Mano Bola desce primeiro, seguido por Cleyton e Gilson. Lilico sai pela porta do motorista.

Mão no teto e abre as pernas, diz o soldado Z, e os quatro obedecem. O sargento X revista Lilico, o cabo Y e o soldado Z cuidam de Bola, Cleyton e Gilson. Passam as mãos pelas pernas, do tornozelo à virilha, espremem o saco, reviram os bolsos, passam as mãos pelos braços, do pulso ao sovaco, espremem os mamilos. Esfregam o cabelo, mandam tirar os tênis, não encontram nada. O sargento X manda que Lilico siga com as mãos no teto e vai até o outro lado, onde estão os três.

Essa é uma operação de rotina, pra segurança de vocês mesmos, da população, e estão dispensados, mas é pra ir direto pra casa, não quero ver ninguém rondando por aqui hoje, tá compreendido?

Gratos, os três vão aos poucos tirando as mãos do teto. Quando Gilson se curva para entrar no carro, o sargento X diz:

Não, não, não, jovens, vocês vão a pé, o amigo vai ter que ficar pra um esclarecimento.

Lilico levanta a cabeça e olha para o policial, sem entender. O sargento X devolve o olhar, com as sobrancelhas erguidas. Lilico sustenta a encarada, franzindo a testa. Cleyton toma coragem e diz:

Se não tiver problema, a gente espera o esclarecimento, senhor.

Como é?

Eu só queria dizer que, caso o senhor...

Vai desacatar a autoridade?

Não, senhor, de forma nenhuma, é que...

Circulando, porra, circulando.

Gilson olha para Lilico, que segue olhando para o sargento X. Cleyton e Bola começam a caminhar. Gilson espera algum contato visual com o amigo, mas, como não vem, parte atrás dos dois que já foram. Os três caminham o mais devagar que conseguem. O soldado Z percebe e grita, se adianta, porra, tá querendo ficar? Quer que eu vá te buscar? E então os meninos apertam o passo, por alguns segundos, e depois voltam a caminhar lentamente.

Quando enfim os três somem da visão dos agentes da lei, entrando na curva da ponte cercada de mato, o sargento X se aproxima de Lilico e diz que agora o jovem vai conversar com um amigo. A porta da viatura se abre e desce Valdemar, de camisa regata, bermuda, chinelos e um cigarro aceso entre os dedos. Caminha gingando até chegar a menos de um metro do genro. E então pergunta:

Você não acha que eu sou muito novo pra virar vovô?

Água suja também faz barulho quando corre, mas Bola, Gilson e Cleyton não ouvem. Embrenhados no mato, embaixo da ponte, tampouco sentem as picadas de mosquitos, os arranhões dos espinhos, o cheiro de terra molhada, ferro e merda que sobe do córrego: estão concentrados em buscar uma fresta onde possam ver o que acontece com o amigo sem serem vistos pelos policiais. Logo percebem que é impossível, desistem, voltam para a beira da água e começam a conversar, sussurrando, sobre o que fazer. Gilson sugere ir correndo até a casa de seu Índio e avisá-lo, os amigos dizem que demoraria muito. Passa um rato--do-mato do tamanho de um gato. Mano Bola diz que pode telefonar para um primo policial, mas ele mesmo se lembra que o orelhão mais próximo é o da feira, e até chegar lá, ligar, convencer o primo a sair de casa para vir interceder por eles, gastariam mais tempo ainda do que se fossem chamar seu Índio. Cleyton encerra a discussão, vamos voltar lá, então.

Mano Bola e Gilson concordam, é o certo a se fazer. Partem, caminhando devagar e com as mãos erguidas, em direção ao amigo. O soldado Z vê as três sombras vindo na sua direção, engatilha e aponta a arma, mandando parar com as mãos na cabeça. O cabo Y vem correndo, também com o revólver em punho. Saca a lanterna e ilumina os três. O sargento X deixa o Valdemar com o Lilico e se aproxima para entender aquele furdunço.

São os pebas do Chevette, sargento.

O sargento X, com sua voz de Tom Waits, pergunta baixinho:

Eu não disse que era pra ir direto pra casa?

Esqueci a chave, senhor, não tenho como entrar, sem querer desrespeitar, não tem como, tá no porta-luvas, do carro, no porta-luvas, a chave, é que...

Com um aceno de cabeça, o sargento X ordena ao cabo Y e ao soldado Z que cuidem daquela porra. Y torce o braço de Cleyton, elevando sua mão até quase tocar a nuca, e depois o deita de cara para o chão. Z faz o mesmo com Gilson. X olha para Bola e diz, cansado:

Me ajuda e deita também, meu filho, olha o seu tamanho.

Bola, Gilson e Cleyton estão deitados, nessa ordem, com os dedos entrelaçados atrás da cabeça e a testa tocando o asfalto. O soldado Z monta em cima de Bola, com um joelho na nuca e outro na lombar, com uma mão segura as mãos do suspeito atrás da cabeça, com a outra vasculha os bolsos. Bola não consegue respirar.

    O cabo Y está de cócoras ao lado de Cleyton, e com uma mão segura as mãos do vagabundo atrás da cabeça. Bola geme tentando respirar. Cleyton levanta a cabeça, olha para o amigo, vira a cabeça para Y, mas antes que consiga pedir qualquer coisa recebe um tapa na cara e volta a encostar a testa no asfalto. Entre eles, Gilson treme. O sargento X fuma a poucos metros dali. Passa um Gol vermelho e de dentro dele um motorista com cabelo de surfista faz um sinal de positivo para o sargento, que retribui com um leve movimento da cabeça. Pelo sim, pelo não, X anota a placa do carro.

    O braço direito de Bola está algemado no braço esquerdo de Gilson, o braço direito de Gilson está algemado no braço esquerdo de Cleyton. São levantados pela gola da camiseta. Bola respira desesperado, Gilson treme, Cleyton ouve um apito no ouvido. Os policiais empurram os três para trás da viatura e ordenam que se ajoelhem no barro, de costas para a pista. O sargento X termina o cigarro e se encosta no capô do camburão, o cabo Y e o soldado Z vêm ao seu encontro, param ao seu lado. Z aproveita para contar aos amigos que a esposa fez a ecografia e que vai ser menino. Recebe os parabéns.

    Lilico está sentado no meio-fio, com as mãos para trás, algemadas. Valdemar está diante dele, em pé. Partículas de cuspe e álcool voam da sua boca, enquanto ele anda para trás e para a frente, aponta o dedo, grita, bate palma, gargalha. Lilico, calado, olha fixo para ele.

    Guilherme é um lindo nome, diz Y. X!, grita Valdemar. X, Y e Z olham na direção do bombeiro. Ele tá perguntando se tá preso, X, continua Valdemar. X sorri e responde, ainda à distância: Moço, jura que ele ainda não entendeu? Y gargalha, Z saca o revólver e aponta para os três ajoelhados mandando que eles olhem para o chão. Valdemar, de longe: Sargento, agora ele quer saber o motivo. X, cansado daquela gritaria, caminha rápido até Lilico. Para na frente do rapaz e tira três pinos de cocaína do bolso da frente da farda. Posse ou tráfico de entorpecentes, meu filho, vai depender da sua cooperação.

Lilico começa a gritar, seus filhos da puta, vocês tão de sacanagem, bêbado filho da puta, vem na mão, seu merda, diz para o sogro, e tenta se levantar. Valdemar o empurra com o pé, Lilico volta, desequilibrado, a sentar no meio-fio e cai de costas na grama. Os três amigos estão olhando com o canto dos olhos. Valdemar gargalha. X se aproxima por trás e ergue Lilico pelas algemas, o ombro estala. Lilico em pé, Valdemar vem em sua direção e lhe acerta um tapa no ouvido. O barulho assusta Bola, que passa a bater os dentes.

Quero saber se a gente tem um acordo, garoto. Temos um acordo?

Lilico balbucia. X manda que ele fale como um homem. Lilico sussurra, X sobe as algemas, Lilico se curva para a frente. Valdemar acende um cigarro e balança a cabeça, em negação. Lilico respira fundo, os ligamentos dos ombros vão se romper, e então fala, mais alto do que antes, porém ainda baixo para que consiga ser ouvido. Valdemar se aproxima para tentar decifrar o que aquele moleque está dizendo e quando estão quase colados, encostando testa com testa, Lilico joga o pescoço para trás e depois para a frente, fazendo da coluna cervical um chicote, e desfere uma cabeçada estrondosa, bem no pau do nariz do sogro, explodindo o osso frontal em dezenas de pedacinhos. Valdemar cambaleia três passos para trás e, quando o clarão finalmente se assenta, percebe que X, Y e Z estão embasbacados ao seu lado. Então ele saca o revólver e o encosta na boca de Lilico.

Atira, seu cachaceiro, atira, estuprador, diz Lilico, com os olhos bem abertos. Valdemar, com a camisa já ensopada do sangue que esguichava do nariz, engatilha a arma. O sargento X percebe a urgência da situação:

Não dá, Val, é meu plantão, parei muitos carros hoje, e ainda tem os três lá, vamos levar, vamos levar, vai me dar problema, não dá, depois a gente vê isso, vamos levar, vamos levar que é melhor, no meu plantão não tem como, você vai me foder.

Valdemar mantém o revólver pressionado contra o lábio de Lilico. Os dois se olham através do cano de ferro. Antes que algum deles piscasse, o bombeiro desengatilha a arma e a guarda no elástico da bermuda, nas costas. O sargento X arrasta Lilico em direção à viatura, puxando-o pelos cabelos. O cabo Y e o soldado Z estão com as armas em punho às costas de Bola, Cleyton e Gilson, dizendo que não vai ter como, vamos ter que matar, a culpa é do amigo valente, vamos enterrar aonde, que mané enterrar, gastar pá com uns merdas desses.

O sargento X abre a gaiola do camburão e, quando vai enfiar Lilico lá dentro, Valdemar vem correndo, puxa o genro pelo ombro e lhe dá uma coronhada no lado direito da face, afundando a maçã do seu rosto. O cabo Y já está abraçando Valdemar e o levando para longe. O soldado Z manda que os três se deitem com a cara na lama e diz que não quer ouvir um pio. Ao recobrar a consciência, Lilico quase se engasga com o sangue e os pedaços de dentes que lhe descem pela garganta.

Olha para X, que segue tentando enfiá-lo na gaiola, e diz, com a boca mole:

Eu vou matar esse merda.

X enfia Lilico no camburão e tranca. Y e Valdemar sumiram. Z começa a gargalhar. X vai até ele. Z está vermelho, tremendo com suas gargalhadas, segurando a barriga com as duas mãos. X olha para o subordinado, e ele, sem parar de rir, aponta para os três garotos deitados na lama. Ao lado de Bola, uma enorme poça de mijo.

X e Z enfiam os três dentro da grade onde já estava Lilico. Eles se surpreendem com o estado do amigo, metade da cara amassada e um fino fio de sangue preto jorrando sem parar das duas narinas e da boca. Lilico tem os olhos abertos, mas imóveis. Cleyton se encosta nele e de tempos em tempos lhe belisca, para que ele não durma e perca de vez a consciência, se é que já não perdeu.

O Chevette fica encostado próximo ao meio-fio, sem sinalização, atrapalhando o trânsito e as pessoas que em breve vão sair para trabalhar.

***

Às 3 horas e 33 minutos do dia 02 de setembro de 1999, na 11a DELEGACIA DE POLÍCIA CIVIL do Núcleo Bandeirante, Distrito Federal, onde presente se achava a autoridade policial, DOUTOR DELEGADO D., comigo, ESCRIVÃO E., na sequência do auto de prisão em flagrante delito em que é conduzido LILICO, passou-se à inquirição da testemunha SARGENTO X, RG no XXXX PM-DF, CPF no XXX.XXX.XX-XX, de nacionalidade brasileira, viúvo, de profissão servidor público estadual, nascido a 1 de abril de 1964, natural de Glicério-sp, filho de MÃE X e PAI X, com residência na CANDANGOLÂNDIA — DF, telefone (61) xxx-xxxx. Médio incompleto. Aos costumes, disse nada. Compromissada na forma da lei, advertida das penas cominadas ao falso testemunho, prometeu dizer a verdade do que soubesse e lhe fosse perguntado. Inquirida respondeu: que desempenha a função de SGT da Polícia Militar e ontem (10/11/99) assumiu seu posto de trabalho em companhia do CABO Y e do SOLDADO Z por volta das 18 horas, já sendo informados de imediato que deveriam formar um ponto de parada de veículos, na entrada do NÚCLEO BANDEIRANTE, como parte da OPERAÇÃO CIDADE LIVRE DAS DROGAS, que chegaram ao local por volta das 19 horas, que pararam 9 veículos mas não encontraram nenhuma irregularidade, que por volta das 22 horas abordaram o veículo conduzido pelo suspeito que tal decisão foi tomada porque o carro se movimentava em ziguezague, pondo em risco a integridade física do condutor, dos passageiros, das autoridades policiais e de toda a comunidade, que ao se aproximar do veículo suspeitou que o condutor estivesse sob efeito de tóxicos, que isso se revelava na atitude agressiva e também nos sinais físicos, olhos vermelhos, pupilas dilatadas, hiperventilação, verborragia, que procedeu à revista dos suspeitos, que durante a revista encontrou no ânus de LILICO 1 (HUM) INVÓLUCRO PLÁSTICO, que dentro do recipiente havia um pó branco, que presumiu se tratar de cocaína, que deu voz de prisão aos suspeitos LILICO, MANO BOLA, CLEYTON e GILSON, que o suspeito LILICO desacatou a autoridade policial, que resistiu à ordem policial, que reagiu com agressividade, que tomado pela fúria tentou desferir um chute, que por causa do seu alto grau de transtorno decorrente do uso de entorpecentes se desequilibrou e caiu, que na queda bateu o rosto no asfalto, que veio a reconhecer a posse da droga, que afirmou que os outros suspeitos não eram partícipes do delito, que portanto não houve necessidade de detenção para MANO BOLA, CLEYTON e GILSON. Nada mais disse nem lhe foi perguntado. Lido e assinado, fica esse termo fazendo parte integrante do auto de prisão em flagrante.

Não vou assinar.

Vai sim.

Tudo mentira, tudo. O Valdemar que...

Olha, assina, vai pra casa. Toma um banho, esfria essa cabeça. Dorme um pouco pra ver se fica mais calmo.

Não. De jeito nenhum.

Garoto, escuta aqui. O sargento X foi gente boa contigo. Ele decidiu colocar posse. Se ele coloca tráfico, uma hora dessas você já tava era descendo de bonde pro presídio.

Mas...

Crime inafiançável, inafiançável, mas não, ele colocou posse e ainda me pediu pra não arbitrar fiança pra você, te liberar de graça. Assina essa porra, agradece e vai cuidar dessa cara.

E o exame de corpo de delito? Quero fazer o exame e registrar queixa, não é possível, vocês que deveriam...

Ok, ok. Tá ok, então. É seu direito. Vamos fazer assim: você registra a queixa, te levamos pro exame no IML e de lá já desce pra Papuda, por tráfico. Que tal?

Lilico assina. D. devolve a chave do carro. Na saída da delegacia, Lilico fica ofuscado pelo Sol. Cego, parece que a cara para de doer. A visão volta aos poucos e ele percebe que o sargento X, o cabo Y e o soldado Z estão encostados na viatura. Enquanto desce as escadas, o soldado Z se aproxima dele. Ele ainda veste farda, mas tirou o boné e trocou o coturno por um chinelo de dedos. Quer uma carona, garoto? Lilico não responde, segue caminhando. Garoto, garoto. Lilico para. O soldado Z se aproxima dele. Olha seu estado, garoto. Lilico não responde. Vem, vamos, a gente te deixa no posto de saúde. Lilico sorri só para um lado, a cara dói, volta a caminhar. O cabo Y se aproxima, Lilico para outra vez, olha, seu peba, ficou barato pra você, tá entendendo, barato, você devia era agradecer o sargento, e não ficar aí todo cheio de marra, tá entendendo, peba. Lilico volta a caminhar forçando um sorriso. Olha uma última vez para o sargento X, encostado na viatura. X lhe joga um beijinho.

Março de 1999. Você para o Vectra CD azul darcena bem na frente do portão da escola, na faixa dupla, e nem liga o pisca-alerta, olha no espelho e penteia o cabelo com as mãos, se curva pra pegar o Taurus 45, desce do carro, põe o revólver na cintura, o enorme cabo perolado à mostra, senta no capô, cruza uma perna sobre a outra e começa a limpar as unhas com o canivete. Um pequeno trânsito se forma atrás de você, ninguém buzina e em poucos minutos você vê o rapaz saindo da escola, com a mão na cintura da filha do Val, que cresceu bem, viu, minha nossa, e quando ele chega a poucos passos de você seus olhares se cruzam. Garoto, você chama, ele solta a cinturinha da namorada, continua te olhando, mas não se mexe, você sorri e com dois dedos manda que ele se aproxime, ele olha pra gostosinha, que te viu, mas não reconheceu, e dá um beijo nela, de despedida, ela diz até amanhã e ele responde que amanhã vai faltar à aula pra ir se apresentar no Exército, mas que liga pra ela depois, e você segue olhando pra barriguinha dela e os peitinhos tão durinhos, até que ela se vira e sai, e o garoto vem na sua direção, quando ele chega perto você dá um passo pro lado, abre a porta e faz um gesto pra que ele entre, mas ele não entra. Vamos, garoto, você diz, vamos pra onde, ele pergunta, vamos dar um passeio, não posso, tenho que trabalhar, vai se atrasar só um pouco, obrigado, seu Boamorte, mas fica pra uma próxima, e assim que ele começa a virar pra sair andando você o pega pelo ombro, o polegar pressionando a clavícula, e muito calmo diz, garoto, entra, e ele acaba entrando.

Você senta no banco do motorista e põe o revólver embaixo da coxa esquerda, ele te olha direto nos olhos, sem disfarçar, como um homem faria, quer ouvir música, meu filho? Juan, ele responde, o quê?, você pergunta, Juan Pablo, seu Boamorte, meu nome é Juan Pablo, ele diz, e mesmo tentando falar grosso a voz sai falhando, engasgada, você percebe e ele também, e então, encarando, você gargalha e diz meu filho, que afinada foi essa, na sua idade minha voz já tava formada, e gargalha mais, então ele envergonhado baixa o olhar e ainda rindo você liga o rádio.

Gostou do carro, garoto, automático, viu, vou levantar o teto aqui pra correr um vento, eu ia me dar de presente de sessenta anos, mas resolvi adiantar uns meses, a gente nunca sabe o dia de amanhã, garoto, anota aí, nunca sabemos quando nossa hora vai chegar, por isso não podemos deixar passar as boas oportunidades que a vida nos oferece, porque uma hora o jogo vira, meu filho, é como diz o povo, tudo, tudo passa, até uva passa, gostou do carro? É bonito, o rapaz te responde. "Você acabou de ouvir 'Mambo nº 5' na voz sedutora de Lou Bega, aqui na Rádio Atividade 107,1 fm. E agora, só pros apaixonados, Phil Collins com 'You'll Be in My Heart'." Fala pra fora, meu filho, você diz sorrindo, não tenha medo, medo de quê?, ele retruca afrontoso, medo de quem, meu filho, não do quê, e eu já disse que não precisa, eu não tô com medo, ele diz, e esse cheiro de merda que eu tô sentindo, você tá sugerindo que fui eu que me caguei?, você pergunta, e o garoto não responde, mas volta a te encarar, e no olho dele aquela faísca que poucas vezes você viu na vida, quase sempre olhando no espelho antes ou depois de uma operação, o rapaz é um homem, sim, um homem pronto, mesmo que ainda não esteja maduro, por precaução você pega o revólver de debaixo da coxa e fica brincando com ele com a mão esquerda, sentindo o peso, balançando devagar pra cima e pra baixo, sem encostar no gatilho, o moleque não pisca nem olha pra arma, só olha pra você, como um homem feito, "Você acabou de ouvir 'I Still Believe', da namoradinha da América, Mariah Carey, na melhor da cidade, a Rádio Atividade, voltamos num minutinho, depois dos comerciais", o bairro passa devagar pela janela, uma criança chora e puxa os cabelos enquanto o pai paga uma conta na Lotérica Santos, um velho com um carcará no colo enrola um cigarro de palha sentado entre os pombos no banco da praça, na frente da Júnior Tapetes e Estofados um homem muito musculoso caminha com um pequinês dentro da regata, a cabeça do cachorro saindo pela gola da camiseta como se fossem dois siameses de tamanhos e espécies diferentes, dentro do carro silêncio, "Argamassa-cimentcola-quartizolit-20kgs-interno por apenas 3,99, é isso mesmo, só 3,99, meu filho Pepe enlouqueceu, Pepe Tinta-ta-ta-ta-tas", até que ele quebra o gelo e pergunta o que o senhor quer de mim? Te ajudar, moleque, te ajudar, você responde saindo do asfalto e entrando na estrada de terra da zona rural, pela janela se vê um homem asiático, muito magro, vestindo apenas uma calça jeans três números maior, amarrada na cintura com uma corda de sisal, fazendo um kata de karatê, ele executa com precisão os movimentos, mas se desequilibra sempre que toca os dois pés no chão, esse China já foi alguém, sabia?!, você diz, que China?, o garoto pergunta, o Shaolin, antes de se foder na cachaça, você complementa e se cala esperando uma resposta que não vem, então continua, foi por causa de chifre, sabia, anota aí, tem que arrumar uma boa mulher pra botar dentro de casa e duas boas vagabundas na rua pra botar dentro delas, só não pode confundir, se confundir se fode, em silêncio agora o rapaz olha fixo pra frente, pro mato, "E hoje, pra fechar com chave de ouro, eles, os Backstreet Boys com 'I Want It That Way', até amanhã, um beijo no seu coração diretamente do dj Wigão, na melhor da cidade, a Rádio Atividade, fui!", já meteu na namoradinha ou não é só a voz que ainda afina, você pergunta, sorridente, e o moleque te olha com tanta fúria que parece cego, com os olhos sem vida nem movimento nem brilho nem nada e a boca tremendo, ou melhor, parece que treme, mas na verdade murmura em silêncio, tá rezando, meu filho?, ele não responde, segue do mesmo jeito te encarando e falando pra dentro, ficou mudo?, você pergunta, rindo, ele segue do mesmo jeito, e você antevê que a corda pode estar muito esticada e para o carro com delicadeza, pega o revólver, abre a porta e diz, dirige aí, sente a máquina, como assim?, ele pergunta, pega o volante, rapaz, sente esse motor, o carro é durinho, a suspensão fala menos que você, anda, você ordena, e então ele abre a porta, sai, dá a volta no carro, vocês dois se cruzam e enquanto ele te olha nos olhos você percebe gotas de suor se formando na testa, no bigode, escorrendo pelas costeletas, e nem assim o moleque pisca ou pisa em falso, muito menos abaixa a cabeça, um homem que só precisa de treinamento, e o treinamento já começou.

Ele senta ao volante e não liga o carro, você tem o revólver na mão, não sabe dirigir, filho?, sei, ele responde, então tá esperando o quê, ele gira a chave, que ronco bonito hein, garoto, você diz, ele não responde nem se move, não tenho o dia todo, vamos, você diz, é que, como faz com a marcha, ele responde, você gargalha, é mesmo, ainda gargalhando, acostumado com aquela merda do Chevette do teu pai, quatro marchas, engastalhando tudo, esse aqui é automático, aperta o botão e põe no D, D de dirigir, e depois é só pisar, o rapaz olha pro câmbio, repete com cuidado a instrução que acabou de ouvir e o carro vai, pisa, menino, pisa, e ele segue devagar pela pista de terra até que depois de uma curva se abre uma reta, vai, você diz, e ele pisa de uma vez, você bate as costas no banco, 60, 90, 120, ei, garoto, 150 km/h, irra, você grita, com receio, mas entusiasmado, 160 e a reta vai acabar, garoto, 170, garoto, garoto, garoto, freada brusca, 100, 40, 20 km/h, ele te olha, você puxa o freio de mão e desliga o rádio, ele te encara, você ri, 2.2, 123 cavalos, gostoso de pilotar, não achou?, você pergunta, o que o senhor quer, ele responde e pela primeira vez falando alto, garoto, garoto, melhor dizendo, Juan Pedro, Pablo, ele te corrige, Juan Pedro, você segue falando, quantos anos você tem, dezoito?, ele responde, dezoito, com a sua idade eu trabalhava de servente, carregando saco de cimento no lombo, virando massa, subindo latão de tinta, aqueles predinho do IAPI, sabe os prédio do IAPI?, você pergunta, não, ele responde, trabalhei em todos, todos, os IAPI, JK, conhece os JK?, você pergunta, não, ele responde, só trabalhei em prédio feio, Juan Pedro, só prédio feio, todo pião diz que trabalhou na obra do Congresso, do Itamaraty, Palácio da Alvorada, diz que abraçou o Juscelino, bebeu cana com o Niemeyer e sei lá mais o quê, agora eu, eu mesmo, só trabalhei em prédio feio, cavando o buraco da fundação já se via a feiura, aquela terra cinza, morta, nem minhoca tinha, subia o pilar, feio, depois as parede, feio, acabamento, feio, tudo feio, não quis nem ver pronto, nem na inauguração eu ia, fazer o que lá, e também nunca vi nenhum desses figurão, nunca conheci nem mesmo um engenheiro, o chefe era sempre um encarregado, pião que nem eu, e eu nunca quis nem perguntar o nome deles, pra quê, uns merda desses, no fundo, no fundo, foda-se, prédio bonito ou feio, Lúcio Costa ou João Ninguém, se paga igual, qual é a diferença, não é mesmo?, você pergunta, ele não responde, mas aí teve um dia que eu tive uma chance, uma chancezinha só, montei nela e foi ela que me trouxe até aqui, e eu podia mentir pra você, falar do cabra que me ajudou, dizer que ele foi um segundo pai pra mim, a importância da gratidão e essas merda, mas a verdade é que eu não lembro como era a cara dele, o nome, nada, e não tenho nem vontade de lembrar, nunca nem tentei lembrar, foda-se, o que importa é só que eu tive uma única chance e nessa chance eu montei, e foi ela me trouxe até aqui, já você, Pedro, você é sortudo, com a mesma idade que eu já desperdiçou uma bela chance, tudo bem, você tinha quinze aninhos, era uma princesinha ainda, mesmo assim eu te dei uma colher de chá e você negou por gênio ruim, e eu não sou disso, mas resolvi insistir, porque vejo futuro em você, até parece meio coisado, mas você parece eu quando mais novo, e além disso eu tenho uma missão pra fazer, vai ser coisa grande e quero gente nova, com disposição, e por isso eu vim atrás de você outra vez, eu sou o cavalo passando encilhado na sua frente, pela segunda vez, e aí, vai desperdiçar mais uma oportunidade?

Dez minutos depois, você está parando o carro na frente da banca de revistas onde o garoto trabalha, você falou dos benefícios do emprego que está oferecendo, a possibilidade de crescer na carreira, disse mais de uma vez que vê nele um dom, raro, e que se ele teve a bênção de nascer com o fogo, deve é agradecer a Deus e construir a vida a partir do talento, mas não uma vidinha de merda, de dono de banca de jornal, construir uma vida, vida com conforto, casa boa, carro bom, férias em Guarapari, bocetinha apertadinha pra meter, ele ficou calado todo o tempo, mas você percebeu que na volta o rapaz foi relaxando e em alguns momentos até pareceu concordar, e então você para o carro, oferece a mão pra ele, que demora, mas aperta sua mão, com força, é homem mesmo esse menino, abre a porta e desce, e quando ele vira as costas você o chama, J.P., ele volta, se curva na janela do carona, enfia a cabeça pra dentro do carro, e então você diz pra ele pensar com carinho e responder o mais rápido possível, mas que saiba que essa resposta vai ser a última resposta, a resposta definitiva, final, não vai ter outra chance, e quando decidir ele sabe onde te encontrar, ele ouve em silêncio e responde, acho que já tenho, seu Boamorte, você sorri com a satisfação de quem vai fechar um negócio, e então ele se curva mais um pouco, entra um pouco mais pela janela, e com os olhos na altura dos seus, a menos de um metro de distância, ele diz eu prefiro o Chevette.

OS ÚLTIMOS GUERRILHEIROS

OS ÚLTIMOS GUERRA HEROS

CUIDAR

O pai chega ao hospital. Parece calmo, mas saiu às pressas e deixou a banca de revistas aberta, sem ninguém olhando. Dirige-se ao balcão para pedir informações sobre o filho. Para no fim de uma fila com oito pessoas. Do outro lado do guichê, não há ninguém. Olha para o vigilante que guarda a porta de acesso à enfermaria e percebe que ele está desatento. Seu Índio caminha na sua direção. O homem se posta diante dele. O pai olha para cima, mirando os olhos, e diz – simulando o próprio sotaque: *permiso*. O homem não se move. *Permiso*, agora mais alto. O homem desvia o olhar, como se procurasse alguém para lhe explicar quem diabos era esse gringo, e é tempo suficiente para seu Índio pôr a mão na maçaneta e girá-la. Ele entra pela porta, esbarra por querer no ombro do guarda, excusa, e acelera o passo. O vigilante fecha a porta e olha, temeroso, para os outros que esperam pela chance de entrar na enfermaria. Para a sua sorte, e surpresa, parece que ninguém reparou ou entendeu o que aconteceu.

É um enorme corredor de paredes brancas, encardidas. Cheiro de suor. Choro fino, distante. Um homem de chuteiras, meiões e shorts está deitado sobre um colchonete de plástico em cima de uma maca de ferro, com a camisa do Flamengo cobrindo o rosto e o cabo de uma faca saindo pelo ombro. Choro fino, aproximando. Uma lâmpada fluorescente pendurada por um fio vermelho, no teto, pisca. Uma velha sentada numa cadeira de escritório tem um braço erguido para segurar o soro que lhe entra pela veia, gargalha e repete acabou, acabou, acabou. Choro fino: uma enfermeira vem correndo em sentido contrário com um neném, ainda cheio de vérnix, nos braços. Cheiro de éter. Deitada numa mesa de escritório, uma garota de vestido azul tem os braços imobilizados pela mãe, que reza e xinga, enquanto uma mulher de avental branco costura a testa da criança com uma linha que parece de pescar. Um homem sem camisa, acocorado, vomita sangue numa lixeira, ele levanta a cabeça e sorri, sem nenhum dente, para seu Índio que, ao desviar o olhar, avista o Lilico, no fim do corredor, com a camiseta e parte da bermuda manchadas de um marrom amarelado com pingos pretos e vermelhos, sentado no chão e com uma sacola de plástico cheia de gelo no rosto. Ainda de pé, o pai retira a sacola e olha o machucado do filho. Está feio. Põe o gelo mais uma vez no lugar, se agacha e pergunta se ele já foi atendido. Ouve que sim, havia passado pelo médico, que receitou analgésico e anti-inflamatório, disse que a máquina de raios x estava quebrada, mas que se percebia que era um afundamento de face, o que dava para fazer era aliviar a dor, deixar desinchar e depois entrar na fila para a operação de reconstrução facial, e que por isso estava ali esperando vagar um colchão no setor de traumatologia. Seu Índio afrouxa o cinto e se senta ao lado de Lilico. Hijo, que te passou?

Lilico fala com dificuldade, não consegue fazer som de s, o rosto dói e metade dos dentes está mole. Às vezes fala mais alto e sente o olho explodir, às vezes tem que se calar no meio da frase para engolir a humilhação. Quando termina a história, o pai lhe bagunça os cabelos, tranquilo, hijo, tranquilo, um niño és una bênção, não te preocupes, não passa nada, nada, tranquilo.

 Oito horas depois, uma enfermeira avisa ao pai que vagou um lugar na traumatologia, mas não tem macas nem cadeira de rodas para transportá-lo até lá. Seu Índio se levanta, estende a mão ao filho, passa o braço dele em torno do pescoço e os dois caminham, devagar, atrás da enfermeira apressada. São levados para um quarto de dois metros quadrados e quatro camas. Nelas, uma senhora de mais de sessenta anos, internada há oito meses com duas vértebras quebradas, desde que foi atropelada por um ciclista que fugiu sem prestar socorro; um professor que teve fratura exposta no braço ao ser atacado com barras de ferro por mendigos que o confundiram com o assistente social; uma adolescente raquítica com os dois braços e as duas pernas engessadas que nunca foi visitada por ninguém nem disse como foi parar ali. O garoto vai ficar na cama, mas não há lugar para o acompanhante.

 O filho deu sorte e conseguiu ser operado apenas oito dias depois. A cirurgia correu bem, nenhuma intercorrência. O pai dormiu as oito noites num banco da recepção. Acordava cedo, voltava para casa, buscava dona Cleomar e a trazia para o hospital, voltava para o Núcleo Bandeirante e abria a banca. Fechava no almoço, cozinhava, levava uma marmita para a mulher no hospital. Comiam juntos, debaixo de um ipê-branco, no estacionamento. Depois ia ver o filho e tentar descobrir com algum funcionário se já havia alguma previsão sobre quando aconteceria a cirurgia. Voltava para o bairro, abria a banca, trabalhava até as cinco. Lilico foi operado e seu Índio continuou com a rotina, ia para casa, tomava um banho, fazia a barba, preparava um sanduíche e uma mochila com escova de dentes, pasta, um livro e uma manta para se cobrir. Buscava dona Cleomar no começo da noite, levava a mulher para casa, voltava para o hospital. Tentava ver o filho, alguns seguranças permitiam que entrasse, outros não. Sentava-se no banco na recepção, olhava as pessoas, tentava ler. Em algum momento, adormecia, mas nunca pesava o sono. Alguns dias depois, quando soube que o filho teria alta, voltou em casa e preparou uma tigela de arroz-doce. De volta ao hospital, ouviu o médico e as recomendações para o pós-operatório, agradeceu demonstrando muito respeito. Na falta de cadeira de rodas disponível, escorou o filho nos ombros outra vez e o levou até o estacionamento. Abriu a porta do carro, acomodou o filho deitado, no banco traseiro, e voltou caminhando apressado para a recepção do hospital. Encontrou aquele vigia, o único que o deixara passar três vezes sem lhe perguntar aonde iria, e lhe entregou o arroz-doce. Disse que podia ficar com a travessa.

***

Lilico está instalado no quarto dos pais, mais gemendo do que dormindo na cama de casal, que tem o colchão mais novo da casa. Uma bolsa de gelo, uma moringa com água, uma caneca de alumínio do Colo-Colo e um par de bananas-prata disposto numa bandeja no chão, ao lado da cama.

Seu Índio, em pé diante da porta, olha aquele leito montado às pressas e sente que falta algo. É certo que as coisas ali dispostas são mais do que suficientes para ajudar na recuperação do corpo, mas e o espírito? É preciso cuidar para que não se despedace, e isso se faz como um marceneiro, colando as rachaduras, das menores para as maiores, uma por uma, até que a alma, uma mesa nos escombros da demolição, possa parar em pé outra vez. E então vai ao quarto do filho, busca o walkman, o fone, e encontra, pela capa, a fita cassete de que o filho mais gosta, aquela com a famosa foto em preto e branco do monge que ateou fogo em si mesmo e, mesmo envolto em chamas, manteve uma expressão de tranquilidade. Volta ao quarto com as mãos cheias, agacha-se perto da cama e coloca os objetos ao lado da bandeja. Vai ao guarda-roupas, abre uma gaveta e retira de lá um terço velho, descascado. Sai sem fazer barulho, deixando uma fresta da porta aberta para entrar um pouco da luz do corredor.

    Chega à igreja. Para na entrada, curva um pouco as costas, faz o sinal da cruz. Não há ninguém. Caminha, no silêncio, até o quarto dos pedidos. Curva um pouco as costas, faz o sinal da cruz, acende uma vela para São Camilo. Ajoelha-se com o terço em mãos, "*Haznos, como San Camilo, conscientes de que en el rostro del enfermo, del que sufre y está agobiado o del que padece grandes necesidades, está tu mano acariciando a nuestro corazón*", abre os olhos e a chama ainda queima, "¡*San Camilo de Lellis, ruega por nosotros! San Camilo glorioso, a ti clamamos en nuestra aflicción, tú que siempre viste a Jesús en los enfermos, que con ardiente caridad y ternura los serviste y cuidaste, y que tantas veces dijiste: 'los enfermos son la pupila y el corazón de Dios', lleva nuestras súplicas al Señor y ruégale por la salud de mi hijo*", só quando a vela já se consumiu inteira, levanta, "*pide que le conceda alivio y remedio en sus padecimientos, que sane su cuerpo y le llene de optimismo y vitalidad, que fortalezca su alma y le de valor y energía"*, as rótulas doem, os pés formigam, *"y le colme de esperanza en medio de tanto dolor y angustia, porque solo Él puede guardarnos de todo mal y darnos salud en la enfermedad. Así sea."* Espera a sensibilidade das pernas voltar e caminha até o pátio. Ajoelha-se no último banco, o mais próximo da saída. Olha o corpo magro e ferido de Jesus, e recita, em voz alta, a parte de que mais gosta do livro de Mateus, *"Sanad enfermos, limpiad leprosos, resucitad muertos, echad fuera demonios: de gracia recibisteis, dad de gracia"*.

Sai da igreja e não se sente bem, sequer melhor. Nada da paz que costuma sentir depois das missas. Não resiste a essa constatação e volta caminhando apressado. Chega em casa, abre a garagem, sai com o carro. Sente vontade de fumar, vinte anos depois. Não resiste ao desejo, para no posto de gasolina e compra um maço de Plaza, um isqueiro e uma Coca-Cola para se alimentar durante a viagem.

***

Três horas e seis cigarros depois, chega a Paracatu. Vê pela janela como tudo mudou. Na entrada da cidade, está seco o rio que era de praia. Com a mineração, onde as pessoas se banhavam agora se erguem dezenas de barracos de lona, com centenas de homens magros, sujos, descamisados, tentando encontrar na lama alguma migalha de ouro, e para isso traindo, roubando, matando uns aos outros, tudo sobre a vigilância armada de jagunços canadenses que, do outro lado da cerca, até parecem soldados da Legião Estrangeira.

Passa pelo centro da cidade, o Banco do Brasil, a praça com o coreto, casinhas coloniais com telhas de barro, pretas de fuligem, e janelas coloridas, descascando, a igreja da matriz, que não tem torres, promoção de galeto na churrascaria Boi na Brasa no posto de gasolina Santa Bárbara. Passa pelo comércio, a sorveteria Maranata, lojas de produtos agropecuários, quitandas, armazéns, o mercadinho Dois Irmãos, promoção de chambaril no açougue Boi Manso. Passa pelo bairro pobre, Bar do Julião, ruas apertadas, Lambisco Bar & Restaurante, casas sem reboco, Cabuloso Snooker's, crianças magras caçando passarinhos, promoção de Skol na Danceteria Alegria. Passa pelo lixão, cães comendo plástico, vacas comendo latas, um urubu gordo descansa em cima do sofá enquanto uma mulher amputada cavalga, sem sela, uma égua vermelha. Entra na estrada de terra, soja de um lado, milho do outro, e, depois de alguns minutos, chega ao ferro-velho.

Não há cerca nem portões. Ele avança com o Chevette, devagar, pelo caminho possível entre duas montanhas de carcaças de carros e motos e motores de barcos e máquinas de lavar e rolos de cobre e vigas de aço e enxadas, facões, tesouras e fios de arame e retalhos de chapas e latas de alumínio, grades de jardins, barras de ferro e até mesmo uma bicicletinha rosa retorcida e enferrujada e lá no fim vê o enorme galpão, e na porta do galpão a silhueta de uma mulher baixa ao lado de um cachorro grande, preto.

Seu Índio desce do carro e fica parado, em pé, ao lado da porta do motorista. Cheiro de fritura. O fila brasileiro, sentado, arfa, baba e encara, sem coleira. A velha tem um tapa-olho de couro preto.

Ramiro.

Dona Iara.

Dona, não. Pelo amor de Deus.

Perdão, é hábito.

Quanto tempo, homem.

Sí.

Você não envelheceu nada.

Imagina.

Já eu, Nossa Senhora...

Que isso...

Toda fodida, diabetes, pressão alta, a velhice, puta que o pariu.

Ramiro não responde. Iara decide avançar o assunto.

O amarelinho deu problema?, pergunta, e aponta para o carro, com o queixo.

Não, ele, não.

Hmmm. Mas tem problema?

Ramiro faz que sim, com a cabeça.

E o problema é, assim, grande, pequeno?

É considerável.

Hmmm. Vamos ter que ver as soluções, então, uai.

Iara vira as costas e entra no galpão, o cão imóvel arfa, baba e olha sem piscar para o visitante, que, ao passar do lado, lhe toca o focinho com as costas da mão e parte atrás da anfitriã que mesmo manca consegue imprimir um bom ritmo para a marcha, e por um momento é como se estivessem de novo nas montanhas de Zinica, na mata fechada, e as árvores ásperas e moitas espinhosas tivessem se transformado em televisores e videocassetes, aparelhos de som, ventiladores, furadeiras e pneus, e as aranhas e serpentes em ratazanas e pregos enferrujados que também não podem ser pisados, e se tudo era como sempre, mesmo que em outra forma, a exceção eram os contras, porcos que em nada nunca haviam mudado, nem mesmo os cortes de cabelo.

Quase escondida nos entulhos, uma escada de ferro, em caracol. Iara sobe, Ramiro vai atrás. Metade do mezanino é uma caixa de divisórias bege e janelas grandes cobertas por persianas pretas. Iara para diante da porta, tira o colar com a chave, entra. O escritório é amplo, fresco. Cheiro de eucalipto. Uma mesa de reunião, de vidro, com apenas duas cadeiras de madeira, uma de frente para a outra. Uma enorme cama de casal, arrumada, com quatro travesseiros que parecem confortáveis. À esquerda da cama, um gabinete de metal, cheio de gavetas, maior do que a moradora. À direita, um guarda-roupas mais baixo do que o gabinete, com um telefone em formato de hambúrguer em cima. Onde não há janelas, pôsteres de filmes de ação, reproduções de natureza-morta e um quadro com uma moldura larga, pesada, dourada, de um Jesus Cristo que oferece o próprio coração pintado de rosa.

Iara oferece uma cadeira para Ramiro e caminha até o quadro de Jesus. Retira o quadro da parede e, com esforço, o carrega até a mesa de vidro, na frente da cadeira vazia. Senta-se e vira o quadro, a imagem para baixo. Com delicadeza, descola a fita-crepe. Pressiona e solta a tampa de cortiça. Pega um pequeno cofre mecânico, do tamanho de uma caixa de sapatos, e o coloca sobre a mesa. Ajeita o tapa-olho, digita o segredo e abre. Mostra o conteúdo para Ramiro, que se curva para ver o que há lá dentro.

Ramiro, se o problema for maior, a gente pode ver como é que faz, só que aí demora mais um pouco. *Poquito.*

Não, não, ótimo, ótimo, gracias, responde Ramiro, ainda olhando para a caixa metálica, e pergunta:

Você me permite usar o telefone?

***

Valdemar ainda está com enxaqueca, como se algum dos ossos quebrados do nariz tivesse se fincado lá no centro do cérebro. Ele já foi atendido no serviço médico dos bombeiros, e lá o médico lhe voltou o nariz para o lugar, a seco, e lhe receitou um analgésico, que ele exigiu que fosse um opiáceo e achou melhor tomar o dobro da quantidade prescrita. Nas vinte e quatro horas do plantão, não sai do quartel. Fica o tempo todo na cama, deitado só de cuecas, assistindo à televisão, confortavelmente entorpecido, sem tirar os óculos escuros, modelo aviador, que escondem as duas enormes manchas pretas que circulam seus olhos, acima do nariz torto e inchado. Ninguém vem lhe cobrar que responda às chamadas que chegam nem que vista a farda. Nenhum dos colegas tem coragem de perguntar o que aconteceu. É melhor assim, em silêncio, já que a única pessoa com a qual gostaria de conversar nesse momento, o velho Boamorte, está incomunicável, no sítio, por causa de uns mal-entendidos que teve com uns policiais federais com o olho maior do que a barriga.

Termina o plantão, não vai voltar para casa, nem há ninguém para recebê-lo. Duas ingratas, onde se meteram? Quando voltarem, vão se ver. Valdemar dirige até a Toca das Gatas, o apartamento de três quartos, em cima do banco, que funciona como puteiro e motel. O negócio é do Boamorte, mas a gerente é uma velha polonesa, muito experiente no ramo. Valdemar entra, de óculos escuros, e cumprimenta a cafetina. Ela bate palmas e poucos segundos depois o desfile começa. De óculos escuros, sentado no sofá, ele assiste às quatro meninas, todas muito jovens, vestidas com suas lingeries baratas. As quatro param diante dele e apertam os peitos um contra o outro. A chefe assovia, e elas viram de costas e se curvam para a frente. Valdemar escolhe a mais nova, a que parece estar mais desconfortável naquele lugar.

Vão para o quarto. Ela entra depois dele e tranca a porta. Quando se aproxima do cliente e tenta, sem jeito, uma primeira carícia, ele, ríspido, tira as mãos dela de sua cintura e manda que se sente na cama. Prendendo a respiração, ela senta. E vai abrindo as pernas, tentando um olhar sensual. Fecha as pernas, ele manda, ela fecha. Ele tira o revólver das costas, a carteira do bolso, o relógio pesado, os dois anéis de ouro e coloca tudo sobre a cômoda. Segue de óculos escuros. A acompanhante tenta começar uma conversa, ele manda que se cale, ela se cala. Valdemar senta-se à beirada da cama, tira os sapatos com os pés e deita a cabeça no colo da garota. Faz um cafuné, ordena e ela faz.

Naquela uma hora em que tem seu cabelo acariciado, Valdemar cochila, vê cores que não existem, chora baixinho, quase se arrepende do que fez com a própria filha, lembra do dia em que seu pai lhe ensinou a acender uma fogueira, sente cheiro de patchuli, decide como vai matar Lilico. Quando termina o tempo, ele se levanta, oferece uma gorjeta à garota, agradece, diz que conta com a discrição total dela e vai embora.

Para no bar do Odilon e compra um maço de L&M azul. Não bebe nem pergunta sobre o dinheiro do bicho. Os outros fregueses acham estranho, mas fingem que não viram nada, ninguém faz perguntas.

Acende um cigarro e entra no Escort XR3. O que havia feito já estava feito, isso era a vida, bola para a frente que atrás vem gente. Põe a fita do Benito di Paula para tocar e dirige devagar até chegar em casa, desfrutando do vento frio que entra pela janela e de uma leve dormência nos lábios. Enfim desce do carro para abrir o portão de casa, ao som de "Do Jeito Que a Vida Quer", e não desliga o motor. Já seria difícil encontrar a chave certa sob o efeito desse tanto de remédios, e para piorar ainda persiste essa dor de cabeça e a recusa de tirar os óculos escuros, mesmo de noite, mesmo que não tenha ninguém olhando, acontece que tem, sim, alguém olhando, e sem que consiga ouvir os passos, abafados por Benito di Paula, ver o vulto ou sentir a presença, sem nem desconfiar do que está prestes a acontecer, tentando pateticamente abrir um cadeado enquanto o Bardo do Samba manda batucar mais alto para a tristeza se calar, Valdemar é alvejado seis vezes, todas na cabeça, e morre sem perceber.

**

A polícia não demora a chegar. A família do morto não está em casa, nenhum vizinho viu nada nem sabe do paradeiro delas. Aos policiais civis só resta o trabalho de fechar a cena do crime com aquela fita preta e amarela, posicionar os cones alaranjados para delimitar o perímetro e proteger o lugar até que os peritos cheguem, e afastar os curiosos que chegarão com o sol, dentre eles meu pai, que, quando voltávamos da SalgaDóris, caminhou até aquela multidão para entender o que estava acontecendo e, ao voltar, me disse, preocupado, que haviam matado um bombeiro.

Ou terá dito um bicheiro?

**

Assim que o sargento X soube da morte do Valdemar, lembrou-se da ameaça que Lilico fizera. Relatou uma versão da história ao seu coronel e este conseguiu com o cunhado juiz, por telefone e em menos de uma hora, uma ordem de prisão preventiva por suspeita de homicídio triplamente qualificado.

A MAIS ANTIGA TRADIÇÃO

O momento mais marcante da história do já sexagenário concurso de beleza infantil "A princesinha da pamonha de Patos de Minas" aconteceu em 1979, quando um pai enfurecido deu quatro tiros no juiz que tirou dois décimos da pontuação de sua filha no quesito porte.

O atirador, Sérgio Lapesquere, era de uma família tradicional da cidade, detentora do maior abatedouro de porcos da região, e fugiu para escapar do flagrante. Apresentou-se dois meses depois na delegacia em companhia de seu advogado, que, por sua vez, era primo do prefeito nomeado pela ditadura. Eles mostraram ao delegado um documento lavrado em cartório em que o juiz baleado, que também era professor de uma escola rural de alfabetização, e havia sobrevivido por um milagre, mas teria que usar uma sonda pelo resto dos seus dias, se comprometia a não prestar queixa contra o atirador desde que este arcasse com os custos do tratamento e com uma pensão vitalícia equivalente a meio salário mínimo por mês.

Mesmo sem os dois décimos no quesito porte, a filha do criador de porcos acabou fazendo história na cidade, sagrando-se como a primeira pentacampeã do mais relevante concurso de beleza infantil do país. Venceu o polêmico concurso de 1979 e também 1980, 1981, 1982 e 1983, dos sete aos onze anos de idade, e só não ganhou em 1984 na categoria "Moças" porque decidiu não participar mais. O nome dela era Laura Lapesquere e de fato mereceu todos os títulos que arrematou na infância, eu pude atestar quando a vi, vinte anos depois, invadindo minha casa atrás dos policiais e à frente da câmera, às 5h28 da manhã do dia 21 de setembro de 1999, quando vieram prender o Gilson e nos mandaram sentar na cama de casal e esperar por lá.

Minha mãe gritava e evocava seus direitos constitucionais, ao que um policial muito educado respondia mandando que ela se acalmasse, e vocês sabem o que acontece quando se pede calma para uma mãe no exato momento em que ela está mais furiosa. Os caras reviraram nossa casa e eu me lembro da cara dela ao ouvir o som dos talheres batendo no chão.

Quando cansaram de bagunçar o apartamento, permitiram que nós três fôssemos para a sala. Pudemos, então, ver que o Gilson estava algemado, com os cabelos para cima, vestindo apenas um short By Tico, cabisbaixo. Minha mãe gritou mandando que ele levantasse a cabeça, e ele obedeceu. Então um deles veio até nós, mostrou um papel e disse que o Gilson era suspeito de assassinato.

Minha mãe, furiosa, gritava que aquilo era uma palhaçada. O Gilson, algemado, lutava para manter a cabeça alta e não deixar as lágrimas caírem, enquanto meu pai repetia, bem baixinho, acho que para não parecer desrespeitoso, precisa disso, minha gente, não teria um jeito melhor de resolver, não é possível. E eu, bom, eu seguia tão impactado pela beleza da repórter, invejando o pingente do Espírito Santo que passava o dia todo entre aqueles peitos, que nem reparei no quanto ela humilhava meu tio-irmão com perguntas que partiam do pressuposto de que ele era culpado. Só saí do transe erótico quando minha mãe, cansada de lembrar aos policiais seus direitos hipoteticamente assegurados pela Constituição, pôs-se a gritar para a repórter, vagabunda, vagabunda, qual desses policiais você mamou na madrugada, você não tem vergonha de entrar numa casa de família nessa hora da manhã, já que tem vocação pra puta devia ir fazer a vida na pista, o que seria muito mais digno do que ser essa vadia fingida dando esse rabo gordo pra todo o batalhão pra conseguir um pouco de audiência destruindo a vida de um menino inocente.

E então levaram o Gilson. Minha mãe atrás dos policiais, brigando com eles, com a repórter, com o câmera, com todo mundo. Assim que ficamos sozinhos no apartamento, meu pai correu para o quarto. Voltou atordoado porque tinham levado o dinheiro do prêmio do bicho. Nos cinco segundos entre o corredor e a porta da sala, reparei que chorava, pela primeira e única vez, mas não tive tempo para consolá-lo porque ele passou correndo e desceu a escada aos pulos.

Quando me vi sozinho, esperei alguns segundos para garantir que nenhum adulto voltaria e então caminhei em direção ao quarto que dividia com o Gil. Abri a porta do armário e fui direto à gaveta em que ele guardava seus produtos para cabelo: condicionador, mousse, shampoo, gel e um vidrinho do creme alisante Alisabel. Tirei a tampa do enorme pote fosco de Seda Ceramidas, enfiei a mão lá dentro e, como eu supunha, encontrei o tablete com uns vinte gramas de maconha bem enrolados em plástico insulfilme. Quebrei um pedacinho para mim, enrolei o que restou no mesmo plástico e enfiei de volta dentro do pote.

Dali a algumas horas, enquanto raspavam a cabeça do meu tio-irmão e acabavam com seu sonho de deixar o cabelo crescer, eu fumava meu primeiro baseado no descampado atrás da casa do Nico.

***

A partir daquele dia, nossa vida passou a girar em torno da prisão do Gil. Nas primeiras semanas, meu pai e minha mãe o visitavam todas as quartas e quintas, sempre levando cream cracker, goiabada cascão em caixa, rosquinha Mabel, biscoito Passatempo e, o mais importante, um pacote de Hollywood vermelho. Nunca me chamaram para ir. Aos poucos, meu pai foi abandonando as visitas e minha mãe teve que começar a ir de ônibus, gastando quase duas horas para chegar ao presídio da Papuda.

Eu, por outro lado, me dei bem com a prisão do Gilson. Aqueles malas mais velhos, que estavam sempre me mandando passar de cabeça baixa, ou me cobrando um real, ou me xingando só para fazer graça para as namoradinhas, pararam de mexer comigo. No começo, me olhavam, mas não falavam nada, e aí eu seguia meu caminho achando até um pouco estranho. Uns dias depois, quando criei coragem para olhá-los nos olhos, me retribuíram com aquele cumprimento que é um leve aceno de cabeça. Eu, com a cara fechada, acenei de volta. Algumas semanas depois sabiam até meu nome, qual é, Dany, diziam, e eu respondia salvê, com a saudação que tinha recém-aprendido nas letras dos Racionais MC's.

Ao mesmo tempo em que as coisas melhoravam para mim nas ruas, pioravam em casa. Meu pai tinha muita mágoa de não ter podido desfrutar do dinheiro do prêmio que havia ganhado honestamente e culpava mais o Gilson do que os policiais por isso. Minha mãe reclamava da falta de solidariedade do meu pai com o Gilson, e também da sua constante ausência em casa, parece que agora mora no bar do Odilon. Quando ela foi demitida, por causa dos atrasos e faltas, quebramos. Perdemos a televisão a cabo, vendemos o telefone e o carro e passamos a comer carne só aos fins de semana.

Um dia eu acordei, de madrugada, e ouvi os dois discutindo. Ele disse que ela tinha feito uma opção ao abrir mão da família para viver em função do irmão, e ela respondeu que só um bêbado como ele poderia ter coragem de dizer uma merda dessas, que o Gilson também era família, e que ele, meu pai, não tinha sangue nas veias nem para se indignar com a prisão de um parente inocente, e ele respondeu não sei nem se ele é inocente, e então ela gritou verme, verme filho da puta, e ele respondeu fala de novo, fala de novo que eu te parto a cara, e antes que ela repetisse eu bati na porta do quarto onde eles discutiam e os dois se calaram.

***

E calados ficaram, ficamos, oito meses, até que o Gilson, sem ter sido julgado, voltou para casa. Eu esperava que fosse como nos filmes, que ele chegasse em casa pulando, erguendo os braços, gritando, comemorando a liberdade. Ele chegou mais magro e calado do que já era e nem conseguia olhar a gente nos olhos. No seu antebraço direito, uma horrorosa tatuagem verde de um palhaço macabro segurando uma bola 8 de sinuca.

E eu, que já fiquei preocupado ao ver essa imagem no braço dele, quase morri de medo ao pensar no que o Gilson poderia fazer comigo quando descobrisse que eu havia fumado toda a maconha que ele escondia dentro do pote de creme.

Depois de uma semana dormindo e comendo, sem falar nenhuma palavra, o Gilson saiu de casa pela primeira vez. É certo que gostou, pois a partir de então era o dia todo na rua. Acordava ao meio-dia, almoçava, saía e só voltava de madrugada, quando todos já estávamos dormindo. Demorou um mês para que, mesmo dividindo o quarto, conseguíssemos conversar.

E isso aconteceu num dia que ele me acordou às quatro da manhã e perguntou se eu queria fumar um. Depois que passou o susto eu respondi que queria, sim. Subimos no telhado do prédio e, iluminados pelo reflexo amarelado dos postes enquanto olhávamos para as distantes luzes vermelhas dos aviões que pousavam no aeroporto, piscando lá no horizonte, fumamos a melhor maconha que já se viu nessa cidade. Eu não pude sustentar o silêncio por muito tempo e em algum momento perguntei:

Foi foda lá?

No começo foi, ele respondeu. Mas não falei nada.

Ficamos um pouco em silêncio, mas a lombra foi batendo e em cinco minutos já estávamos gargalhando. Rimos, contamos os aviões que pousavam e falamos besteira até o sol raiar no horizonte.

Dois anos depois, o Gilson foi preso em flagrante num assalto a um posto de gasolina. Mesmo sem nunca ter sido julgado pela acusação anterior, foi tratado como reincidente.

***

O Cleyton não teve a mesma sorte que o Gilson, de ser preso diante das câmeras de televisão. Enquanto os policiais invadiam nossa casa, Cleyton, indo de manhã cedinho comprar pão na padaria, foi sequestrado por homens encapuzados e jogado no porta-malas de um Santana vw preto, sem placa.

Quando voltou para casa, dezoito horas depois, encontrou a família desesperada. Ele estava sujo, descalço e andava muito devagar, com os olhos parados, sem piscar. Quando sua mãe perguntou o que tinha acontecido, ele não respondeu nem moveu os olhos, talvez nem tenha escutado.

Ela o levou para o banheiro e ligou o chuveiro. Debaixo da camiseta, encontrou as costas em carne viva e o mamilo esquerdo dilacerado, pendurado, preso por uma finíssima lasca de pele. Isso não era tudo, percebeu a mãe, quando, recomposta do choque inicial, tirou a cueca do filho e viu um pau roxo, inchado, pingando uma gosma vermelho-amarelada.

Dona Edite deu uma havaiana de borracha para o filho morder e lavou as costas dele com água corrente, esponja de banho e sabonete. Cleyton foi voltando à consciência pela dor, e do silêncio absoluto passou a urrar, primeiro baixinho, depois cada vez mais alto, até que desmaiou quando ela jogou água oxigenada no pau estraçalhado. A tia mandou que Sara trouxesse vinagre, molhou uma toalha e botou para o filho cheirar. Cleyton voltou à consciência gritando ainda mais alto do que antes.

Sara conta que, nessa noite, ele dormiu gemendo e acordou no meio da madrugada muito assustado, gritando não, não, não vou falar.

***

Se estivesse no lugar dele, me pergunto como contaria que acordei junto do Sol, ao lado da minha mulher, a primeira e única mulher, e que o cheiro que emanava dela, do cabelo dela, era jasmim branco, e eu nunca cansava de me surpreender com isso. Surpreso, me ergui, descansado e disposto, caminhei até a porta do quarto das meninas e observei as três dormindo, três anjos perfeitos, com a respiração silenciosa me permitindo ouvir o canto distante dos rouxinóis e o sopro do vento nas folhas orvalhadas da mangueira, soando juntos, como uma orquestra. E ali me ajoelhei e agradeci pela família, pela chuva, pela colheita.

E de lá fui ao fogo, onde o pão já fermentado descansava, e o levei à chama para que nos alimentasse, e depois fui ao curral, com minhas mãos calejadas extrair o leite para os meus filhos, e o peixe que faltava fui buscar no riacho, o riacho no fundo do quintal, o córrego de todos os dias, água da nossa terra, avermelhada, talvez magenta, como se estanho tivesse tingido o barro, mas é nossa casa e a gente se acostuma a ela, e então finquei a minhoca no anzol, ainda viva, e balancei o bambu, sem reparar que a água estava mais escura, bordô, e no exato momento em que a isca tocou a superfície fui tragado para dentro, puxado para baixo, abri os olhos e tudo era sangue, cor e textura de sangue, e eu descia rápido, girando, mas ainda assim pude reparar no esqueleto de um boi crucificado com correntes e logo depois percebi um vulto vindo na minha direção e senti o golpe no estômago, e atordoado de dor pude perceber seu gêmeo vindo pelo outro lado, outro bode branco, forte e rápido como um atum, que me acertou com os chifres nas costelas, na cara, não, para não deixar marcas, e eu segui para baixo e quase desfalecendo até que meus pés tocaram o chão das profundezas, que era movediço, é claro, e eu senti que havia algo além de lama embaixo da sola, algo mole e pontiagudo e também rígido e fofo, senti cócegas, olhei para o chão e me deparei com o Tesouro dos Piratas do Continente, meia dúzia de moedas de prata e cordões de pérolas, milhões de dentes e unhas que eles arrancaram, arrancam e arrancarão, ossos que eles quebraram, quebram e quebrarão, a carne das bocetas das mulheres que eles curraram, curram e currarão, o corpo das crianças que eles mataram, matam e matarão, e então avistei dois ratos, gordos como porcos, e cada um me mordeu um mamilo, gritei e não saiu som, não há palavra debaixo d'água, e, ao perceber isso, parei, enfim, de respirar, o sangue que me entrava pelo nariz e pela boca tinha gosto de mercúrio e sal, e então concluí, aliviado, que morreria, mas nesse instante senti o toque de mil tentáculos, frios, ásperos, me prendendo pelas articulações, imóvel voltei a respirar, as algemas me arranhavam a pele um pouco menos do que o necessário para deixar marcas, era tanto cansaço e vergonha, impossível e eterno, e de um tentáculo saíram garras que me despiram, tocaram minhas partes, travaram meu membro e o ponto verde fluorescente que se aproximava devagar, um vaga-lume que era um candiru, me entrou pela uretra e lá dentro se instalou, e depois veio outro, e mais outro, seguindo o mesmo caminho, e enquanto o terceiro ainda me destroçava as entranhas eles aproveitaram para me abrir as pernas para que uma enguia me entrasse por baixo e me eletrocutasse até rasgar o cólon, e na penumbra, entre a fumaça do cigarro e a meia-luz amarela de um abajur, o único que não mostrava o rosto, sentado numa cadeira de ferro, alisava o pau duro por cima da calça, o sangue que derramava de mim era alaranjado e coloria o mar vermelho, eu dizia que não sabia e sabia que mesmo que soubesse não falaria, porque não vem logo, ó morte, eu te suplico, e então tocou o telefone, o homem de pau duro atendeu e em silêncio mandou parar, como se acabasse ali, mas eu sabia que era apenas o início, e comecei a subir o rio na mesma velocidade em que desci, como se fisgado pelo fio da vida que já não queria, certo de que o resto dos meus dias seria a lembrança desse e que o único descanso possível viria durante os pesadelos, cheguei à superfície, respirei profundo, vi que a água do rio havia voltado para a sua cor que aprendemos a chamar de normal, algo entre o rosa e o roxo, e que tudo em volta era como antes da queda, a natureza provando que não ligava para mim, que não ligava para nada, e entendi na hora que o que restava era voltar para casa, servir o pão e o leite, me desculpar pela falta de peixe, jamais falar sobre o assunto e torcer para que eles não voltassem.

***

Todo o bairro soube da prisão do Gilson e do estado em que o Cleyton voltou para casa. E todo mundo viu, no mesmo dia, o Mano Bola lanchando no Josiel Krepe como se nada tivesse acontecido.

 A partir de então, sempre que ele chegava numa roda de amigos, os outros saíam. Quando ia à casa de alguém, a pessoa não atendia. Se encontrasse um camarada na rua, esse camarada encerrava o papo rapidinho. Tudo de um jeito discreto o suficiente para evitar constrangimentos: se o Bola perguntasse o que estava acontecendo, o parceiro responderia, nada, véi, mas comunicando sem palavras nem gestos que ele não era bem-vindo ali. E desse jeito ele foi sumindo aos poucos.

* * *

Quinze anos depois, enquanto almoçava com minha mãe, vimos no telejornal local uma história espetacular. Um policial civil conseguira, sozinho e em dia de folga, estourar um cativeiro em que mãe e duas filhas estavam sendo estupradas a três dias por um bando de sequestradores. O policial matou dois bandidos, conseguiu prender o terceiro e a família saiu ilesa. A reportagem mostrou dezenas de crianças pedindo autógrafos para ele, o povo aplaudindo enquanto ele passava na frente do comércio, o governador agradecendo pessoalmente e até mesmo uma entrevista de um jovem e carismático deputado distrital que anunciava já ter os votos necessários para agraciar o policial com a mais alta honraria da capital, a medalha de honra ao mérito Juscelino Kubitschek, e o convidava para entrar na política, pois precisamos de heróis aqui mais do que em qualquer outro lugar. Apesar de magro, era fácil reconhecer que o agente da lei era o antigo Mano Bola.

Peste, fome e guerra pra esse cagueta, disse minha mãe, sem levantar os olhos do prato. Troca de canal, arrematou.

Troquei.

***

O já desaparecido Lilico foi o astro dos programas policiais vespertinos por alguns dias, mas em pouco tempo os cadáveres que foram se amontoando assumiram o protagonismo. Onze mortos em dois meses, todos no Núcleo Bandeirante, até então um bairro pequeno que parecia uma cidade do interior, pacata. Em comum entre eles, o fato de serem profissionais da segurança, policiais, bombeiros, militares, jagunços, vigias, guarda-costas. Onze mortos, e isso sem levar em consideração as mortes não registradas e o aumento repentino dos autos de resistência, naqueles dois meses no final do século passado.

Não havia nenhum sinal do Lilico – e não era a primeira vez que isso acontecia, muito pelo contrário, não havia nada de novo no desaparecimento de alguém como nós, todos tínhamos conhecidos, amigos, primos, irmãos que sumiram sem deixar rastros, pelas mais diversas causas, por estar jogando sinuca tarde da noite num dia de semana, ou fumando um cigarro na esquina errada, ou rindo com um grupo de amigos em alguma praça escura, ou terminando de tomar uma Coca-Cola sentado no meio-fio depois que o bar já fechou, e por mais que as famílias colassem nos postes fotografias do desaparecido, anunciando a procura e oferecendo alguma recompensa, no espaço de uma semana todos sabíamos que nenhum deles voltaria, com exceção das mães que sempre se recusavam a admitir e envelheciam duas vezes mais rápido, lutando em silêncio, dia após dia, para manter a fé contra a lógica, até morrer duas vezes mais tristes –, então, uma semana depois da blitz, todos já sabíamos que o Lilico estava morto, principalmente ele, que tinha ameaçado um deles na frente de todo mundo, o que foi se confirmando com o passar do tempo, e se tornou indiscutível quando ele não apareceu para visitar o pai na cadeia nem no velório da mãe. Ninguém jamais soube dele, até o dia em que o vi passando na frente do café, de calças jeans claras, sapatênis preto, camisa azul de mangas compridas, bem passada, dobrada abaixo dos cotovelos, o cabelo recém-cortado, na régua, e com um topete discreto, numa das mãos um capacete de moto e na outra duas folhas de papel, como quem vai para uma entrevista de emprego ou para o dentista ou renovar uma carteira de identidade falsa.

COMO SE RESOLVE UM MISTÉRIO

Saroca, terminei a primeira versão do livro, mas sentindo que ainda faltava algo. Reli mais de dez vezes, passei noites em claro tentando compreender qual era essa ausência que tanto me atormentava. Tentei de tudo, até mesmo prosa poética, e nada. Como diria a tia, o que não tem remédio, remediado está, então resolvi esquecer o assunto. Passaram-se vários dias e enfim me veio a iluminação: me faltava escrever, sim, mas não *para* o livro, me faltava escrever para você *sobre* o livro. Então, Sara, já me desculpo de antemão, pois tenho muita coisa para contar.

    Antes de tudo, gostaria de te agradecer. Sério, muito obrigado. Sem o material que você me mandou eu não teria conseguido. Ou melhor, conseguiria, sim, mas seria outro livro, talvez não tão bom quanto esse. Enfim, obrigado. Seu diário de 1999 (como você já escrevia bem, Sara, isso só pode ser um dom) me ajudou a compreender a Juliane e o finado Valdemar, a entrevista com o seu Índio foi mais do que suficiente para descobrir como a história se desenvolveu depois da blitz, e aqui o mérito foi todo seu, fazer a pergunta exata que revela o entrevistado lacônico (você deveria voltar para o jornalismo, eles reclamam do salário, mas vivem muito bem, amigos dos procuradores e políticos, casados com médicas e herdeiras, os filhos na escola bilíngue e na aula de piano). Também achei muito interessante os processos sobre os onze mortos, apesar da minha dificuldade em entender a linguagem jurídica, mas essa parte resolvi deixar para o próximo livro. Já as dezenas de reportagens sobre o Lilico não me foram úteis. Ainda assim, achei divertido ver os perfis que fizeram dele, maconheiro líder de gangue ou psicopata calado e solitário, e teve até aquele relacionando o homicídio que ele teria cometido ao fato de gostar de Korn, e ocuparam meia página com a capa do *Follow the Leader*, com aquela menininha jogando amarelinha na beira do precipício. Já aquelas matérias pequenas, "polícia diz que jovem assassino tem o apoio de uma rede criminosa", "mulher afirma que viu jovem foragido andando de moto sem capacete", "dono de bar em Cavalcante nega ter visto o psicopata do Núcleo Bandeirante", me entusiasmaram no começo, mas acabaram me cansando. Você me mandou trinta e cinco dessas, Sara, notinhas de pistas sobre o paradeiro do foragido, e eu, num primeiro momento, nem cheguei a ler todas, só as que pareciam mais pitorescas e ainda assim não como pesquisa, mas como lazer.

De todo modo, com o material que você me enviou, consegui trabalhar três personagens importantes: Juliane, Valdemar e seu Índio, mas não o protagonista, Lilico. Tudo bem, você não tem culpa, nem estou reclamando, só te contando, mesmo. O que eu considero um erro, se você me permite a sinceridade, foi não ter nenhuma palavra sobre o Boamorte. De qualquer forma, eu me vi sem o protagonista e sem o vilão e todos sabem que não se ganha um concurso literário com prêmio em dinheiro sem um protagonista forte e bom e um antagonista tão forte quanto, porém mau, variando aí a noção moral de cada um. O vilão eu resolvi com facilidade, fui direto à fonte e li a autobiografia que ele escreveu já como deputado. Se você ainda não leu, Sara, leia, o homem escreve bem demais, ou o *ghostwriter* escreve bem demais, mas, de qualquer forma, tendo escrito ou contratado, ele entende desse negócio de contar uma história. Ainda me faltava o herói, ou seja, me faltava tudo.

E então tive que começar a construir o Lilico a partir das minhas memórias sobre ele, que eram poucas, mas marcantes; mais do que marcantes: traumáticas. Logo percebi que meu olhar assustado e colateral não era o suficiente, e por isso tive que recorrer à minha última saída, meu compadre, seu irmão. Encontrar um espaço na agenda dele foi a parte mais difícil da minha pesquisa. Seus sobrinhos são lindos, Sara, em especial minha afilhadinha, mas temos que concordar que ter quatro filhos hoje em dia é complicado, né? Quer dizer, é uma bênção, mas acaba ficando caro demais, pelo menos é isso que ele diz para justificar o fato de ficar doze horas por dia enfurnado naquela agência, e ainda virar as noites e passar os fins de semana fazendo frila.

Eu tinha que falar com ele, sob o risco de não ter um livro para escrever, então mandava mensagens no WhatsApp, que ele só me respondia dois, três dias depois. Passava o tempo todo no café olhando para o celular, para ver se ele tinha me respondido, e nada. Ainda bem que não estamos com muitos clientes no momento, e minha ansiedade não tinha como se transformar numa atitude de pouca cortesia com o freguês para ser criticada depois nos comentários do TripAdvisor. Segui nessa toada, persistente, até o dia em que ele me respondeu dizendo que iria em casa dar a janta e colocar as crianças para dormir, mas que depois voltaria para a agência porque tinha que entregar um *job* pela manhã, e eu podia aparecer lá depois da meia-noite, que ele estaria sozinho.

    Fechei o café às oito da noite e fiquei lá dentro. Reli o que já tinha escrito até então e abri meu caderninho para anotar o que eu precisava perguntar para o Cleyton. Às onze e meia me levantei, peguei as doze cervejas que estavam no freezer e fui.

    A agência é num daqueles prédios baixinhos da Asa Norte. Cheguei lá, toquei o interfone, ele abriu e eu subi. Ele me esperava e na porta já ofereci uma cerveja, antes mesmo do aperto de mãos. Ele aceitou. Entramos num ambiente que parecia um pub, Sara, com mesa de sinuca, pufes alaranjados espalhados pelo chão, pôsteres com mensagens de autocuidado e *tweets* irônicos e fotos de motos e paisagens, maneiro aqui hein, Cley, eu disse, e ele respondeu que preferia trabalhar numa baia de MDF, mas com a carteira de trabalho assinada. Ele me levou até uma escadinha e falou para eu subir para o terraço e apertar um baseado enquanto ele mandava um e-mail, dois tempos. Mostrei a cerveja, disse que aquela era minha contribuição, estava sem fumo, ele tirou do bolso da camisa um tabletinho de prensado e me deu, eu disse que também não tinha seda, caralho, moleque, tu só traz o pulmão, né, ele respondeu, tirou da carteira uma Colomy e me entregou. Eu subi, meio desajeitado com tanta coisa para carregar. Lá em cima não tinha nada, quer dizer, tinha antena, caixa de ferramentas, essas coisas de teto de edifício. Então me sentei no chão mesmo, encostei as costas na mureta, abri uma cerveja e enrolei o fininho. Uns dez minutos depois ele chegou, colocou a garrafa de cerveja vazia do meu lado e já pegou outra, cheia, e me falou para acender o beck. Eu tinha tanta coisa para perguntar, não queria ficar doidão muito cedo, então só acendi e já passei para ele. Ele foi fumando e começou a desabafar, disse que trabalhar como MEI não é vida, doze horas por dia trancado nessa merda, virando noite e perdendo fim de semana para fazer frila, as crianças cresciam e ele nem as via direito, no máximo trinta minutos por dia, só para dar janta e botar na cama, que nem aqueles pais executivos com a diferença de que eles tinham as melhores babás e em algum momento levariam os filhos para a Disney e não me sobra grana nem pra um banho de cachoeira em Pirenópolis. Eu quis motivar e disse que pelo menos ele trabalhava com o que gostava, desenhando, e ele respondeu não, tá maluco, desenhar é a pior coisa do mundo, tô nessa só pra pagar as contas, meu sonho é passar num concurso. Ele já estava na quinta cerveja enquanto eu ainda nem abrira a terceira, o baseado já tinha terminado havia muito tempo e eu tinha dado apenas três tragos. E naquelas duas horas e meia eu não tinha tido nem uma brecha para puxar o assunto que me levara até ali. E então tocou o interfone.

Puta merda, pensei. É algum vizinho que ouviu nosso papo e ligou para a polícia para reclamar do barulho ou, pior, o dono da agência esqueceu a mala de dinheiro embaixo da mesa e voltou para buscar. O Cleyton desceu a escadinha sem falar nada e eu escondi as garrafas de cerveja. Uns cinco minutos depois ele voltou, Sara, e, fico arrepiado só de lembrar, logo atrás dele veio o Gilson.

Dez anos. Dez anos sem ver a cara do moleque, sem ouvir a voz, receber uma mensagem, um cartão de Natal, nada. E aí, às duas e meia da manhã de uma terça-feira, ele aparece na sua frente. Além disso, porra, a gente imagina que um foragido vai andar com capa de chuva cáqui, chapéu de feltro, óculos escuros, e não com camisa polo preta da Lacoste, calça *skinny* da Diesel, mocassim sem meia. O moleque tá forte, Sara, forte mesmo. E cobriu aquela tatuagem horrível do palhaço com um monte de carpas, coloridas, menos horríveis. O cabelo bem raspado, com o pé feito na navalha. Eu esperava um Inspetor Bugiganga e encontrei um *personal trainer* ou policial.

Ele já chegou com o sorrisão e os braços abertos e nem esperou que eu terminasse de me levantar, já veio meio que me abraçando, eu ainda curvado, temi que ele quisesse lutar um judozinho, mas não, caralho, como tu cresceu, Godines, tá fininho hein, fez dieta, e me enchia de beijos na bochecha, na testa, no ombro, me apertando como se eu fosse um cachorrinho, me olhando nos olhos e sorrindo e me beijando de novo, e a mamana, tá bem, conta como ela tá, tá bem sim, eu disse, tudo certo, tudo certo é o caralho, conta tudo, porra, como tão as coisas lá, quero saber de tudo, e me abraçava, aí fui contando assim, de improviso, um estado geral das coisas, tá meio assim de saúde, mas nada grave, tá meio sem grana, mas nada grave, essas paradas, e quando enfim se deu por satisfeito e me largou ele foi até o Cleyton e deram as mãos, sabe aquele aperto de mãos que um puxa o outro para perto e encostam os peitos, então, daqueles, coisa rápida assim, e não teve nem gritaria, nem nada, o Gilson só falou, valeu demais, Cleytinho, e seu irmão respondeu, é nois, véi, e ali meio que me caiu a ficha e eu perguntei, oxe, quer dizer então que vocês, todo esse tempo, e os dois gargalharam juntos e o Gilson falou, Godines do céu, você é um homem feito, vamos acordar, jão, e eles riram mais e eu também ri e então nós três nos sentamos no chão, o Gilson negou a cerveja que eu ofereci, seu irmão pegou mais uma, devia ser a sétima ou oitava já, e sem que eu conseguisse começar com o assunto que me levara até ali, tampouco me recompor de reencontrar meu tio-irmão tanto tempo depois, da escada saiu uma pistola apontada gritando polícia, mão na cabeça, e enquanto erguia as mãos eu deixei a cerveja cair no chão, se espatifando, e o barulho foi tão alto que nos primeiros segundos abafou as gargalhadas que o Gilson, o Cleyton e o Mano Bola davam às minhas custas.

Tá rápido hein, Godines, o Bola falou guardando a pistola no coldre, logo antes de abraçar o Cleyton. Então o policial se aproximou do ladrão e disse um coé, vagabundo, e foi respondido com fala tu, pé de bota, e depois os dois riram e também se abraçaram. O Bola chegou perto de mim, rindo, pôs a mão no meu ombro e olhou para o meu pau, quero ver se tu se mijou, Godines, e todos riram, e o Gilson respondeu, e de se mijar tu entende, né, doutor, e todos riram mais ainda, ao que o Bola respondeu, ah, nem, lá vem com esses papo torto de novo, e seguiram rindo, foi o Cleyton, porra, vocês sabem e ficam nessa, ele disse, eu porra nenhuma, Bola, eu e o Peitinho vimos tudo, véi, esqueceu, respondeu seu irmão, e o Gilson falou, é, Bolota, não tem jeito não, as testemunha tão aqui, todo mijado, e foi assim, Sara, você acredita, foi assim que sem que eu tivesse tido tempo de perguntar eles começaram a contar a história da fatídica blitz.

Quem falou mais foi o Gilson, mas tanto o Cleyton quanto o Bola assentiam com a cabeça a todo o momento. Os três compartilhavam a mesma memória, a ordem dos acontecimentos, as ações. A única discordância era que o Bola afirmava que havia sido o Cleyton quem tinha se mijado, enquanto o Cleyton e o Gilson diziam que tinha sido o Bola. Se bem que, olhando agora, me parecia que o Bola afirmava isso mais por uma questão de honra do que por se lembrar diferente. E a única lembrança sobre aquela noite que não era compartilhada pelos três era sobre o que o Valdemar tanto falava para o Lilico. Os três se lembravam do Lilico enfurecido, dos xingamentos que ele usou, da ameaça que fez, mas Bola e Cleyton afirmavam que era impossível ouvir o Valdemar. O Gilson se mantinha firme dizendo que ouviu repetidas vezes o bombeiro falando a filha é minha, ô moleque.

Teu irmão apertou mais um e ofereceu primeiro para o Gilson, que não quis, disse que tá firme na academia, usou até a palavra treinando para se referir à musculação, e depois pro Bola, que também negou dizendo que agora só fumava o greenzinho ou haxixe, que até tinha saudade do prensado, mas dava enxaqueca. Eu também não quis, e seu irmão adorou, fumou sozinho, baforando, jogando bolinhas de fumaça para o ar, mas a cada trago ficava menos bêbado, mais ereto e atento até que quando acabou a ponta o moleque estava sóbrio, e então me olhou sério e perguntou e esse papo de que tu viu o Lilico. Eu comecei a responder, contei para eles daquele dia no café, que era o Lilico mesmo, que não tinha como não ser o Lilico, mas o próprio Cleyton já me cortou falando impossível, véi, você acha que iam deixar ele vivo, e o Gilson concordou com ele e disse, Dany, devia ser alguém muito parecido, isso rola demais, e foi o Bola quem falou, ué, pode ser o moleque sim, nunca encontraram o corpo dele, cadê a materialidade, e todo mundo se calou, e o Gilson perguntou mas como ele ia fugir tanto tempo, véi, e o Bola respondeu, porra, Gil, tu me perguntando isso, logo tu, tu não tá devendo a lei e tá aí, caralho, todo pimpão, não tô dizendo que é certeza, tô dizendo só que é possível, pô, e outra, o pai do moleque era pica, vocês viram, vai que, vai saber, e bem nessa hora, um dos momentos mais felizes da minha vida, o relógio G-Shock branco do Bola tocou o alarme, ele se levantou, disse que tinha que voltar para a delegacia para entregar o plantão às seis da manhã, deu a mão para o Cleyton, depois para mim, e me olhando nos olhos disse, olha lá o que você vai inventar, hein, Godines, e eu, com aquela coragem que só a felicidade dá, respondi, confia no pai, pô, e todos rimos. O Gilson se levantou em seguida, me deu mais um abraço apertado, beijos na bochecha, bagunçou meus cabelos, beijos na testa, apertou meus mamilos, beijos no ombro, e mandou que eu contasse para a minha mãe que estava tudo bem com ele, que ele pensava nela todo dia e tava quase saindo dessa vida, mas que era para ela continuar a rezar por ele, e depois deu a mão para o Cley e disse para o Bola, vou contigo pra ver aquela situação lá, e o Bola respondeu, ah, caralho, Peitinho, lá vem, parece filho de cego, e os dois desceram as escadas. Ficamos o Cleyton e eu no terraço e seu irmão olhou para mim e disse, e tu, véi, tá esperando o quê, quer dormir aqui, e eu ri e disse que não, vou embora contigo, pô, só tô te fazendo companhia, seu ignorante, e ele disse, que ir embora o quê, vou ficar direto, alguém tem que trabalhar nessa porra, e agora ele já estava muito mais sóbrio do que quando eu cheguei, horas atrás, então eu disse valeu demais, viado, valeu mesmo, e parti.

Eu saí de lá, Sara, e fiz o que qualquer um faria no meu lugar: sentei no meio-fio e liguei para a minha mãe. Eram umas

5h15, então a coitada já atendeu pensando que era uma desgraça, tive que repetir umas dez vezes que estava tudo bem para ela se acalmar e então contei que havia visto o Gil. Ô glória, ela disse baixinho, e ele tá bem? Tá bonitão, mãe, forte, parece aqueles cara de academia. Deus abençoe, ela respondeu, e já em seguida me repreendeu dizendo que isso não é hora de ligar para uma velha cardíaca e muito menos assunto para tratar pelo telefone, eu me desculpei, ela me chamou para almoçar lá no domingo e desligamos.

    O sol prestes a nascer, os primeiros trabalhadores já chegando com seus passos tristes e suas mochilas cheias, e eu ali, com a roupa de ontem, amarrotada, sentado no meio-fio, com um caderninho apoiado na coxa e uma caneta na mão. E na olhadinha rápida que eles me davam eu via todo o desprezo que sentiam por mim, como se dissessem ah lá o poeta, e quase entendia os motivos que eles tinham para votar contra meu tipo de gente até o final dos tempos. O que eles não tinham como saber, Sara, é que depois da noite mais feliz da minha vida eu estava triste pra caralho porque simplesmente não conseguia me lembrar direito de nada do que havia acabado de acontecer, porque tudo isso que acabei de te contar só assentou na minha lembrança com o passar dos dias.

    Quando o Sol saiu, fui até uma padaria e me sentei numa mesa. Pedi um café puro e um pão na chapa, abri meu caderninho. Nada. Me arrependi de não ter tirado uma fotografia do Gil para mostrar para a minha mãe, mas pensei que o mais provável era que ele não se deixasse fotografar. Então resolvi desenhá-lo, ficou uma merda, mas gostei da sensação da Bic colorindo o papel, então continuei, depois do Gil eu fiz o

Cleyton e o Bola, e os três eram o mesmo boneco, só que com cabelos e roupas diferentes, tomei café, meu repertório não é tão grande, comi meu pão, escrevi meu nome em letras de pichação, pedi outro café, desenhei um disco voador, pirocas com asas, um cachorro magro, mandei mensagem para a Rosa dizendo que não abriria o café, peguei uma long neck e paguei a conta, voltei para casa bebendo enquanto dirigia e dormi de tênis, no sofá. Quando acordei, às oito da noite, tinha desistido de escrever o livro.

Para os detetives como nós, Sara, nascer no Brasil é uma maldição. Nesse país é proibido solucionar os casos, porque todos são decididos de antemão para manter a conveniência do momento. Os culpados já nascem escolhidos e passam seus dias à espera de qual crime lhes vão atribuir para livrar o verdadeiro culpado, de quem a vida e a liberdade valem mais. Todos nós sabemos, Sara, que o simples fato do homicídio de um cara poderoso como o Valdemar ter caído nas costas de um moleque que nem o Lilico já comprova que *não* foi o Lilico quem matou, o que também não tem importância pois ser inocente jamais impediu que alguém fosse morto, desaparecido ou, às vezes até acontece, preso, para manter o negócio funcionando.

As crianças que gostavam de caçar passarinho, chutar cachorro e pique-pega viraram policiais. Os pequenos que preferiam bate-papo, pular carniça e pique-esconde hoje são bandidos. Aos coitados como nós, dos quebra-cabeças e das charadas, só restou escrever, a única forma possível de solucionar um enigma.

A história do Lilico não tinha nenhum enigma, morreu um bichão, culparam um moleque, o moleque desapareceu, é sempre assim, todo santo dia, agora quando ele reaparece, vinte anos depois, passando em frente ao café, aí sim nasce um caso, e o causo para contar só pode ser sobre como, nunca o quê, quem ou por quê, somente como, como foram os últimos dias antes de ser selecionado para assumir a bronca, como conseguiu escapar do destino que programaram para ele. Naquela noite no trabalho do seu irmão, a melhor noite da minha vida, eu saí com as respostas, ou melhor, com bons indícios para escrever as respostas, mas depois de ver o Cleyton, o Gil e o Bola, cada um a seu modo e todos juntos também escapando dos seus destinos, a história do Lilico, com os enigmas solucionados, já nem era a que mais me interessava.

Acontece que eu não podia desistir do meu propósito, Sara, não depois de escrever 198.680 caracteres sem espaço. Esse livro era minha única e última chance de encontrar um caminho, fazendo algo que pudesse me dar algum dinheiro e prestígio, largar o café, talvez até mesmo trocar de carro e reconquistar a Natália. Eu não tinha escolha, precisava continuar escrevendo. Já que desistir não era uma opção, teria que me motivar e para isso decidi voltar ao começo, aos arquivos que você mandou por e-mail.

Você sabe como é chato reler, Sara, pelo amor de Deus, eu até me solidarizo com os críticos que têm que ler dez vezes a mesma coisa. Por causa disso, comecei pela parte que menos dei atenção na primeira leitura, que, portanto, era quase uma novidade, aquelas trinta e cinco notinhas, "polícia diz que jovem assassino tem o apoio de uma rede criminosa", "mulher afirma que viu jovem foragido andando de moto sem capacete", "dono de bar em Cavalcante nega ter visto o psicopata do Núcleo Bandeirante" etc. Logo saquei que essa chatice não faria o menor sentido, a não ser que você estivesse tentando encontrar o Lilico.

Você foi a única pessoa que acreditou em mim quando contei que tinha visto o Lilico. A única. Sabia, você disse, sabia que aquele puto não estava morto. Caso você estivesse tentando encontrá-lo, não seria, portanto, para dar ao pai dele a localização de uma dessas covas rasas que têm aos montes no meio do cerrado, inclusive porque o velho estava preso e não teria o que fazer com essa informação. Sua procura seria então por um foragido, vivo, à moda dos caçadores de recompensas, mas não havia nenhuma recompensa em jogo e eu não podia acreditar que você estava disposta a tudo, até mesmo a caguetar um amigo, para resolver um mistério.

Mais motivado do que nunca, fui ler outra vez seu diário de 1999, ou melhor, fui ler as partes do seu diário que você selecionou para me enviar. Nenhuma palavra sobre o começo do seu namoro com o Nico, por exemplo, um namoro que virou um casamento que dura até hoje, dois filhos lindos, e que nós todos sempre admiramos. Você decidiu me mandar parte do que escreveu sobre a Juliane, e só. Por mim, tudo bem. O diário é seu, você não cobrou nada para me deixar lê-lo, tem todo o direito de decidir a quais passagens vai me dar acesso. Mas por que só sobre a Juliane, e por que não tudo sobre ela?

Depois do diário, li os processos judiciais, ou melhor, tentei ler, mas é difícil demais aquele linguajar de advogado. Por profissionalismo, li todos, mesmo assim. E deixei por último, até porque era a menor parte, a entrevista com o seu Índio, na cadeia.

Peças que você me deu:

1. Um diário editado em que a namorada do fugitivo, filha do morto, é protagonista.
2. Trinta e cinco notas sobre o paradeiro do fugitivo.
3. Uma entrevista em que o pai do fugitivo filosofa sobre o passado, se cala sobre o presente e nega ter ajudado o filho na fuga.
4. Quilos de páginas de processos judiciais sobre os onze assassinatos que se sucederam à morte do Valdemar.

Questões:

1. Juliane
As anotações sobre a protagonista só chegam até o dia em que ela te contou que estava grávida. Ora, é claro que você não parou de escrever justo ali. Ouso dizer que, de todo o diário, ali seria o lugar menos indicado para encerrar a escrita. Qual escritor para de escrever logo antes do clímax?

2. Lilico
Eu sempre tive medo dele, já tive pesadelos com ele, para mim ele era um animal. E, ainda assim, fiquei feliz quando vi que ele estava vivo. Um dos nossos que escapou. Você era amiga dele, nascida e criada na mesma rua. Para que tentar encontrá-lo? Isso é coisa de polícia, não de detetive.

3. Seu Índio
Você, com tantos contatos na imprensa, mesmo tendo tido aqueles problemas no jornal, provou mais uma vez seu enorme talento ao conseguir que o homem falasse, mesmo

muito pouco, e com certeza levantaria um bom dinheiro, ou até mesmo voltaria para o mercado das notícias, com a entrevista de um dos presos mais notórios do Brasil. Beleza, eu sei que você é uma idealista. Não quis publicar na mídia burguesa que te usou e jogou fora? Entendo, inclusive admiro. Mas por que então não publicou no seu dossiê sobre o aniversário de vinte anos da guerra? Você, imagino, enfrentou uma enorme burocracia, cheia de restrições e entraves judiciais para entrevistar o cara que está há mais tempo isolado nas prisões brasileiras, conseguiu, e depois disso resolveu não publicar. Como assim? E outra: por que grifar de amarelo a parte em que ele conta como arrumou a pistola que acabou o levando para a cadeia, e escrever à mão em tinta vermelha "a arma do crime", ao lado da foto de uma pistola qualquer?

Forma (sugerida) de montar:

O Lilico, com a ajuda do pai, matou o Valdemar para se vingar da coronhada que tomou na blitz. A morte do Valdemar foi uma oportunidade que caiu no colo do Boamorte para tentar o golpe contra o doutor Santos.

Problemas:

1. Uma peça não se encaixa:
Os onze. Se minha melhor amiga tivesse engravidado na adolescência de um garoto que depois viria a ser acusado de matar o pai dela, se à morte desse sujeito se seguissem onze assassinatos (fora os não registrados) em dois meses, se esses

eventos tivessem tanta importância para mim que eu decidisse, vinte anos depois, fazer uma pesquisa minuciosa sobre os mortos que tinham, de certa forma, alguma ligação com o finado pai da minha amiga (alguns, inclusive, eram amigos dele), eu concluiria que ele foi o morto número um na Guerra dos Doze Mortos, e não vítima de um crime de vingança cometido pelo genro adolescente.

2. Os olhos, a janela da alma:

Sua certeza de que o Lilico estava vivo. Sabia, Dany, sabia que aquele puto não estava morto, você me disse. No começo, fiquei feliz por ter alguém que acreditava no mesmo que eu, mas enquanto eu investigava qual era o *seu* enigma, pensei: o Lilico foi acusado de matar o Valdemar. Nos meses que se seguiram, onze homens do círculo do bombeiro foram mortos. Ora, se o Lilico era apenas um garoto que supostamente havia matado um cara com muitos amigos, cheio das conexões, um verdadeiro craque naquela interseção do Estado com o crime, que é, na verdade, a primeira fileira no teatro do nosso país – a única forma tranquila de viver por aqui –, e se esse garoto que dizem que matou esse homem jamais voltou para casa, é quase obrigatório que todos do bairro o tomem como morto, até mesmo em respeito aos nossos conhecidos, amigos, primos e irmãos que sumiram por muito menos, no nosso bairro e nos bairros piores do que o nosso, mas não nos melhores, e que só as mães adoecidas acreditam que ainda voltarão e se esforçam todas as noites, depois de rezar e antes de dormir, para encontrar uma memória nova do filho, um detalhe da fisionomia, o jeito estranho de calçar o chinelo, a vez que engessou o tornozelo, mães que morrerão tristes e antes da hora, e então o sumiço terá vencido, e jamais ninguém se lembrará, ou seja, só quem poderia acreditar que o Lilico estava vivo era eu mesmo, e só porque o vi com meus próprios olhos e não acredito em fantasmas.

Conclusão:

Saroca, você, como essa grande jornalista investigativa que é, conhece melhor do que ninguém a premissa básica do trabalho do detetive, o protocolo do investigador.

Imagine que você está num *noir* clássico, daqueles que envolvem o sumiço de um milionário excêntrico, colecionador de animais, uma loira fatal, mansões em Hollywood, artistas viciados, bandidos sórdidos, policiais corruptos. Numa perambulação noturna, no haras do sumido, você percebe um vulto passando. Sua visão está comprometida por uma bruma espessa, na escuridão você não consegue ter certeza da materialidade do vulto, mas ainda assim é capaz de saber que era um animal grande, com quatro patas que, quando tocavam o chão, faziam um som de ferro batendo em terra. Você não pode se esquivar da importância dessa aparição, mesmo que seja inconclusiva, porque ela pode ajudar na resolução do caso. O que o bom detetive deve fazer então? Acreditar na sua percepção (não pode duvidar nem por um segundo que era um animal de grande porte e quatro patas) e ter coragem para daí chegar às conclusões, partindo da incerteza. Até aí, tudo bem, todo mundo sabe disso. Qual seria então o problema em pôr em prática um preceito tão simples? O risco, minha querida, está na criatividade da interpretação. Se o detetive for metido a artista, pode acabar concluindo que foi um unicórnio, e não um cavalo, que passou por ele. E isso poria tudo a perder. A premissa básica do trabalho do detetive deve ser sempre respeitada e foi muito bem resumida pelo eterno Leonel Brizola: se tem couro de jacaré, rabo de jacaré, olho de jacaré, boca de jacaré, como pode não ser jacaré?

Com noventa e cinco por cento do livro pronto, Sara, percebi que estava escrevendo apenas aquilo que você queria. Parabéns. Mas como 95 não é 100, ainda me restava tempo para investigar por que você queria que eu escrevesse sobre um crime de vingança que, por coincidência, desencadeia uma guerra de máfia. Você queria encontrar o Lilico, acreditava que ele estava vivo e me induziu a escrever um livro culpando o pobre coitado, acreditando que eu, por ser esse poeta preguiçoso, não conseguiria desvendar o verdadeiro mistério, que iria me perder em devaneios literários e não teria disposição para pesquisar além do material que você me enviou.

Ao perceber isso, fiz o que qualquer um faria. Dispensei a Rosa, fechei o café, fui à papelaria com os noventa reais que havia vendido no dia e imprimi tudo o que havia escrito e tudo que você me enviou. Voltei para o café, abri uma cerveja, acendi um cigarro, sentei no chão e espalhei os papéis ao meu redor, esperando um milagre que resolvesse o caso para mim. E o milagre aconteceu, quase como a orelha verde no final da primeira temporada de *True Detective*. Lembrei do Gilson dizendo, a filha é minha, ô moleque, e então pensei no Valdemar, a filha é minha, ô moleque, olhando para os seus peitos, Sara, e lambendo os beiços, a filha é minha, ô moleque, e acariciando as adolescentes no bar do Odilon, a filha é minha, ô moleque, e reclamando que as putas do Boamorte eram muito velhas aos vinte anos de idade, a filha é minha, ô moleque, e também pensei na Juliane, a filha é minha, ô moleque, e como mesmo estando prestes a completar dezoito anos quase nunca podia sair de casa, a filha é minha, ô moleque, e pensei nela te falando sem dizer sobre o peso de ter aquele pai, a filha é minha, ô moleque, naquela casa tão limpa e silenciosa, a filha é minha, ô moleque, e a mãe crente que era duas, uma na presença do pai e outra na ausência dele, a filha é minha, ô moleque, e então eu vi o Lilico ajoelhado, todo sujo de barro, e o Valdemar dizendo, a filha é minha, ô moleque, e o Gilson ouve essa frase lá de longe, a filha é minha, ô moleque, é minha, moleque, é minha, e finalmente percebi que ele falava sobre a filha que a filha esperava e isso explica o fim abrupto do seu diário no exato momento em que a Juliane te conta que está grávida, Sara, porque um segundo depois daquilo chegou o indizível, e é o indizível que te conduz dali em diante, e então você estuda quinze horas por dia e passa no vestibular, primeira colocada, e vai fazer jornalismo, e depois mestrado, e depois uma curta e brilhante carreira de repórter, e mesmo quando eles te fecham as portas da profissão, você faz um blog, e segue tentando dar um jeito de escrever o indizível para ver se alivia a pressão e se vinga do passado, como tem feito pelos últimos vinte anos.

 Agora, o que o pobre coitado do Lilico tem a ver com isso? Por que me induzir a culpar o único cara que temos certeza de ser inocente e ainda juntar pistas sobre o paradeiro dele como se quisesse capturá-lo?

 Não poderia ser um interesse literário, Sara. Não há nenhuma força dramática em querer culpar um cara que já é considerado culpado. Tampouco pode ser um esforço jornalístico, já que sua pesquisa, apesar de um ou outro detalhe interessante, é chuva no molhado, mais do mesmo, senso comum, tá todos os dias na televisão, o menor violento por natureza numa crise de raiva mata o sogro. Pelo respeito que ainda tinha por você, também descartei a hipótese da caguetagem por entretenimento. Sabendo que culpar um inocente é a forma mais eficaz de livrar a cara do verdadeiro culpado, de quem a vida e a liberdade valem mais, só me restava descobrir quem você estava querendo acobertar.

***

De noite, vista do alto, toda cidade é Los Angeles.
    Vocês três estão numa mesa de vidro, redonda, no terraço-bar do B. Hotel, vendo as luzes amarelas da Esplanada dos Ministérios, as luzes azuis dos carros que passam, e o lago Paranoá como petróleo encostando nas nuvens no horizonte. As três vestem preto, mas isso é só coincidência. Você, camiseta preta, calça jeans, o coturno Dr. Martens que trouxe de Londres e um lenço vermelho em volta do pescoço. Ela, vestido curto preto, All Star branco de cano longo, chapéu *pork pie* amarelo e batom vermelho. A mãe dela usa blazer e calça pretos, camisa branca, sapato mocassim vermelho, unhas amarelas e enormes óculos escuros, armação tartaruga ao estilo Jacqueline Onassis. A garçonete ruiva entrega os três *bloody marys* que vocês pediram no exato momento em que o homem triste ao piano começa a tocar "Rooster", do Alice in Chains.

Nenhuma das duas se preocupou tanto quanto você com o fato de eu ter visto o Lilico. Saroca, diz Juliane, você não acha que tá exagerando, amiga, Ju, você responde, é melhor pecar pelo excesso, imagina só, vai que aparece alguém, ê, minha filha, interrompe a velha, te acalma, já faz tanto tempo, eu tô calma, tia, você responde, mas a questão é que, Sara, te interrompe Juliane, vamos supor que era o Lilico, vamos supor que ele está vivo, estando vivo vamos supor que o pessoal não vai matar ele outra vez, vamos supor ainda que um anjo vestido de promotor decide reabrir o caso, e estuda todas as minúcias, no que a porra de um livro que você nem sabe se o zé-ninguém lá vai mesmo conseguir escrever, no que isso mudaria as coisas, pergunta Juliane, e nesse momento você a olha nos olhos, e sente um pouco de raiva, sim, porém, mais do que isso, sente uma admiração por essa forma tão clara de pensar, e antes que você pudesse pensar em algo para responder a tia acende um cigarro e fala, ô, minha filha, mas é melhor que ele escreva a história que a Sara tá falando do que a outra, né?, como dizia seu finado pai, vale o que tá escrito, né, então, por que não, minha bênção, por que não, ela conclui rindo, e as três riem, e o assunto acaba logo ali e, ao voltar para casa, você seleciona a parte da sua pesquisa que melhor serviria às suas intenções sórdidas e me envia o e-mail, me induzindo a escrever a história que queria ver escrita, sem a menor culpa de sacrificar o futuro do amigo escritor em prol de uma ideia torta de justiça. Tudo isso, é bom lembrar, enquanto minha mulher dorme no quarto ao seu lado.

Rabo de jacaré: a Juliane está viva, vocês ainda mantêm contato, por isso você selecionou tão bem, para os seus objetivos, o material que me enviaria. Sabendo do meu fraco por fofoca, resolveu me enganar com um falso thriller de sexo e vingança. Couro de jacaré: você não utilizou a entrevista do seu Índio provavelmente porque ela desmonta sua tese sobre a participação do velho na morte do Valdemar. E o fato de não ter mentido, colocado na boca dele as palavras que você queria ouvir e depois dito que perdera a gravação acredito que comprova que você, apesar de tudo, ainda acredita na ética jornalística, o que talvez merecesse ser aprofundado numa terapia. Boca de jacaré: sua fé burra no fato de que o Lilico estava vivo mais do que crença era um desejo quase infantil, a necessidade de encontrar alguém para culpar pelo assassinato do não saudoso pai da sua melhor amiga e, obcecada como você é, não bastava que o Lilico fosse tido como o culpado, você queria que ele fosse julgado, condenado, que apodrecesse na prisão, porque você leu muito Sidney Sheldon e sabe que só assim pode se dar por encerrada uma história.

Sara, mas o que você tem a ver com isso? É jacaré. Só pode ser jacaré: você precisa, mais do que precisa, deseja, encontrar alguém para ser culpado pelo assassinato daquele verme do pai da amiga. É jacaré: a Juliane, depois de anos de abuso, engravida do próprio pai e resolve, com justiça, assassiná-lo (ou a ideia terá sido sua?). Executa o plano com a ajuda da melhor amiga e da mãe, que convenientemente também não estava em casa no dia do crime, permitindo que uma fosse o álibi da outra.

Dessa forma, aquilo que me parecia um bom trabalho jornalístico era, na verdade, literatura, mas uma literatura de merda, o pior tipo de literatura, aquela que faz de si mesma, de caso pensado, um instrumento para interferir na realidade, fingindo que está contando uma história só para comprovar uma tese ou, no seu caso, para defender uma amiga.

    Eu respeito a amizade, Saroca. Acho até bonita sua história com a Juliane, uma mata, a outra se certifica de falsificar a história para que a primeira nunca seja descoberta. E, cá entre nós? Matou bem matado, se matasse outra vez eu aplaudiria de novo.

    Acima da amizade, para mim, só a literatura. E para fazer literatura é preciso, antes de tudo, um trabalho minucioso de investigação para descobrir a verdade e só depois inventar a mentira, que deve, por sua vez, vencer a realidade. Eu descobri a verdade sozinho, Sara, apesar da ratoeira que você montou para mim. E decidi, também sozinho, escrever o livro que *eu* quero, não o que *você* queria que eu escrevesse, partindo daquela mentira bem-intencionada que passou décadas construindo e que, me perdoe a franqueza, nem daria uma boa história. Claro que não vou te enviar a primeira versão, como havia prometido. Imagino que você vá entender: o trabalho do escritor é, antes de tudo, um trabalho de traição. Pode ser, pelo contrário, que eu publique esse e-mail, com certeza o e-mail mais longo que já escrevi, no fim do meu livro. Não revisei, mas acho que tive bons momentos enquanto te escrevia. Escrever com raiva é bom demais.

    Um grande beijo para você, para o Nico, para as crianças e, por que não, também para a Natália, com quem espero conversar em breve.

Do seu amigo detetive,
Dany.

PARTIR (1999)

Ele decidiu não comprar os analgésicos. O anti-inflamatório, sim, compressas de gelo, tudo bem, mas não valia a pena aliviar a dor do filho ao custo de relaxar o estado de atenção que o momento exigia.

    Estaciona o Chevette em cima do meio-fio, quase encostado no portão da garagem. Entra em casa e repara na pequena mala ao lado da porta. Olha para ela, sentada no sofá e diante de uma televisão sem som, e sorri sem mostrar os dentes. Ela assente com a cabeça e pergunta do cheiro de cigarro. Pois é, ele responde, vou me lavar.

    Enquanto ele toma banho, ela vai ao quarto do filho que dorme. Senta-se na beira da cama e olha para aquele rosto agora despedaçado. Faz um cafuné leve e sem jeito e repete baixinho, Juanzito, Juanzito, Juanzito, até que ele abra os olhos, ou melhor, o olho, já que o outro é apenas um risco, na diagonal, no meio de um monte preto que vai se amarelando nas extremidades. Vá se arrumar que o pai chegou. Ele, ancorado no antebraço da mãe, se ergue. Senta-se no colchão, com a face latejando, e vê tantos raios brancos que tem vontade de vomitar.

    Ela sai do quarto do filho e caminha em direção à cozinha. Abre a geladeira e tira lá de dentro uma cumbuca com batatas já cortadas e cobertas de água. Vai ao fogão, acende uma boca e coloca uma panela com óleo sujo para aquecer. Volta à geladeira e pega alho, cebola, três ovos e os três bifes de paleta que comprou mais cedo. Põe a frigideira de ferro para aquecer e, quando a cozinha já cheira a queimado, sela as carnes. Rasga um saco de pão e coloca o papel em cima de um prato Duralex azul. Posiciona as batatas fritas em cima do papel de pão e só então salga. Tira os bifes da frigideira e joga a cebola cortada em rodelas e o alho em lâminas, mexendo com uma colher de pau para que absorvam o sabor do fundo da panela.

O filho chega à cozinha vestindo calça jeans e casaco de moletom, pra que tão largos, e senta-se à mesa. Logo depois vem o pai, calça social e camisa de mangas curtas, isso sim é um bom caimento, penteando o cabelo com uma escova oval de dedo. Só depois de se pentear, entra no cômodo. Passa ao lado filho, dois tapinhas no ombro, e senta-se à cabeceira.

Os três ovos na mesma frigideira, com a gema mole, estão prontos. Quando ela traz os pratos de fritas, bife e ovos já montados e põe o primeiro à frente do marido, ele, como ela esperava, sorri de satisfação ao ver o *lomo a lo pobre*, Deus te abençoe, *cariña*. No prato do filho agora quase sem dentes o bife está cortado em pequenos pedacinhos.

Os três já sentados diante dos seus pratos, ele faz o sinal da cruz e estende as duas mãos. *Oh, San Dimas, bienaventurado ladrón, que recibiste la gracia de compartir los sufrimientos de mi Salvador.* Ela, com a mão esquerda, sustenta a mão do marido. *Junto a Jesús clavado en su cruz estabas tú, donde hubiera querido estar yo: pecador arrepentido, y compasivo.* O filho segura a mão direita da mãe e a esquerda do pai. *Tu cabeza inclinada hacia el divino crucificado es también la imagen de la mía.* O pai aperta a mão mole e fria do filho, como se para reanimá-la. *La mayoría de los hombres han amado a Cristo en sus milagros y en su gloria.* A mãe acaricia com o polegar o dorso da mão do filho. *Pero tú le has amado en su abandono, en sus dolores, en su agonía.* O filho sente os ombros cansados, formigando, e os cotovelos a se afundar na mesa. *Obtenme a mí, que también soy ladrón, que a la hora de mi muerte reciba piedad, y ternura, y que los últimos latidos de mi pobre corazón sean como el tuyo, en unión de amor con el de Cristo Jesús muriendo por nosotros.* Os três falam juntos: *Amén.*

Comem sem apetite, em silêncio. Pouco se olham. O pai é o primeiro a terminar e se levanta, vai à pia, lava seu prato e os talheres, coloca a leiteira com água sobre a chama. Quando a mãe cruza os garfos, ele, que esperava a água ferver, vai até a mesa e recolhe os talheres e o prato dela. Aproveita para olhar para o do filho, ainda pela metade. Estou satisfeito. Tudo bem, hijo, pero precisas comer mais. Por lo menos toda carne.

Os três, calados, tomam o café. O açúcar lhes faz bem. Ela vai até a despensa e volta de lá com uma garrafa empoeirada de conhaque. Abre a tampa de plástico e serve duas doses grandes. Ele sorri para a mulher e bebe todo o líquido de uma vez. Bebe, hijo, para calmarse. O filho dá um gole pequeno e tosse com a ardência da bebida. Os pais riem. O rosto pela metade também parece ter feito algo parecido com um sorriso, e logo depois, num trago, toma toda a bebida, segurando o mal-estar na garganta, sem emitir nenhum som. A mãe pega os copos e vai à pia lavá-los, o pai e o filho saem para se calçar. Quando os dois voltam, o primeiro de botinas velhas, mas muito bem cuidadas, e o segundo com tênis de skatista, ainda novos, mas em péssimo estado, ela já os espera em pé, ao lado da porta da sala.

O filho para diante da mãe e os dois se olham. Não dão um abraço apertado, não se beijam, nenhum dos dois faz carinho no cabelo do outro. O filho olha o chão e diz baixinho, a bença, mãe. A mãe olha o filho que olha o chão, mirando no lado do rosto que ainda há, Deus te abençoe e te guie sempre pelo lado do bem, meu filho. Ele ouve e sai pela garagem, quase trôpego. O marido para diante da esposa, se abaixa, pega a mala e, antes de partir, toca o rosto dela com as costas da mão.

Quando os dois entram no Chevette, o pequeno relógio Ômega com pulseira de couro marca 1h45 da manhã. O pai abre a porta do motorista, puxa o banco para a frente e assenta a pequena mala no banco traseiro. O filho entra no carro e deita com a cabeça sobre a mala, já quase dormindo. Segue em sono pesado e não acorda nem quando, às 2h30, o pai para o carro na Feira do Produtor de Valparaíso de Goiás, sai, tranca a porta e volta, dez minutos depois, trazendo o álibi e três sacolas de verduras e legumes, uma caixa de ovos e uma manta defumada de carne de porco. Ele guarda as compras no porta-malas, confere que o filho ainda dorme e aproveita para fumar dois cigarros antes de seguir viagem.

Volta a dirigir. O carro amarelo sobre o asfalto ruim e sob a mais escura das noites. O ronco baixo e constante do motor bem regulado. O pai segue concentrado na direção por todo o tempo, mantendo uma velocidade média que não é lenta o suficiente para atrasar a chegada ao destino, tampouco rápida demais para chamar a atenção dos patrulheiros. Tudo em volta é soja. As mãos seguram o volante com mais força do que seria necessário, e isso, aos poucos, faz travar o pescoço. Não há lobo-guará. Olhos fixos na pista para escapar dos buracos, quase nenhum farol vem no sentido contrário. Não sente sono. E assim toca, imerso, até ver surgindo no horizonte uma pequena bola alaranjada que faz com que o céu preto vá se colorindo, aos poucos, com uma mistura de amarelo, vermelho, roxo e azul. Pensa em acordar o filho para compartilhar com ele aquela alvorada. Desiste. É melhor que el niño esteja bem descansado.

***

O primeiro raio de sol entra pela janela, em diagonal. Ela, sentada na cama, fecha a Bíblia e observa a parede do quarto dividida em dois triângulos, um de sombra, outro de luz. Em sua contemplação, se assusta com o barulho da porta sendo derrubada. Põe a Bíblia ao lado do copo com água, sobre a mesa de cabeceira, e os óculos em cima da Bíblia; deita-se, vira de lado, puxa o cobertor até o ombro, encolhe as pernas, fecha os olhos. Dois homens entram empunhando armas, é mão pra cima, ô caralho. Ela levanta as duas mãos, ainda deitada. Senta, caralho, senta. Ela obedece, sempre com as mãos erguidas. Um deles aponta a pistola, o outro abre as portas do guarda-roupa. Cadê, cadê, cadê ele? Uma loira de colete à prova de balas entra no quarto. Ele quem, meu Deus? A policial revira as gavetas, o policial revira os olhos, o outro caminha até a cama, curva a coluna e, com a boca a menos de dez centímetros da outra boca, a trêmula, encosta o cano da pistola na bochecha de dona Cleomar e grita que não é pra se fazer de doida, que ele não vai perder tempo com teatrinho, que é melhor falar logo onde tá o filhinho matador de polícia.

Um homem de terno, gordo, para na porta do quarto e, com um gesto de cabeça, manda que os outros saiam. O policial curvado se ergue, guarda a pistola no coldre e sai. O policial do armário bate forte a porta do móvel e sai. A policial vai até a cama e se agacha. Os braços de dona Cleomar ainda estão erguidos. A loira pega a mão esquerda e a segura entre as suas, calma, minha senhora, respira fundo, isso, inspira, solta, inspira, solta, eu também tenho filho, sei como é, mas o que ele fez, às vezes é melhor ele se entregar, sabe, até mesmo pra se defender, na rua a gente não sabe o que pode acontecer com ele, situação muito complicada, a senhora sabe melhor do que eu, amar não é passar a mão na cabeça. O gordo de terno tosse, a policial se levanta e sai. O gordo se senta na cama, encostando as costas no joelho da mãe, que recolhe a perna. Ele pega o copo com água e leva aos lábios dela, que abre a boca. Isso, isso, gostosinho, tá tudo bem, desculpa o rapaz, ele chegou agora, é muito animado, eu também já fui jovem. Ela faz que sim com a cabeça. Onde está ele, minha senhora? Eu não sei, doutor, ontem, eu, ele foi deitar cedo, o acidente e, ele, eu, antes de dormir até passei lá pra ver se ele precisava de sabe, alguma coisa, tava dormindo, o tadinho, eu não sei nem o que tá acontecendo. O homem põe o dedo indicador em cima do lábio da mulher e faz psiu, baixinho, mandando que se cale. Cadê seu marido? Meu, meu marido foi fazer a feira, hoje é quarta, ele, de madrugada, fazer a feira, ele vai lá no Valparaíso, os preços, depois coisa de banco, papelada, essas coisas, toda quarta, quarta-feira, ele volta pra almoçar, a banca só abre de tarde, pode perguntar, eu tô falando, o homem põe a mão espalmada atrás da orelha da mulher e toca a bochecha dela com o dedo polegar, Levanta, querida, na delegacia você explica melhor.

Ela se levanta, vai ao guarda-roupas, escolhe uma saia e uma camisa. Ele continua sentado na cama. Dona Cleomar entra no banheiro ainda sentindo os olhares do delegado, passa o trinco na porta, para na pia, vê o próprio rosto cansado no espelho e sorri com a boca ainda trêmula.

***

Lilico acorda quando o carro para. Abre os olhos; torcicolo e a cara amassada pulsando mais forte do que antes. Tenta estalar o pescoço, não consegue. Seu Índio abre a porta do carona, ergue o banco e oferece a mão para ajudar o filho a sair.

Quando se levanta, a vista escurece, e ele tem que encostar na lataria do carro para não cair. Sente os pelos da nuca esfriando e começa a respirar mais fundo. O pai lhe entrega a mala. A visão começa a clarear e Lilico descobre que está no centro de um descampado de terra vermelha que chega até o horizonte, e que além do nada só consegue ver uma pequena casa em cuja parede se lê Bar do Ulisses, escrito com cal e em letras cursivas. Atrás dessa casa, bem mais distante, uma sombra que parece a copa de uma árvore solitária.

Seu Índio para diante de Lilico, segura-o pelos ombros e olha fixo no seu rosto. Retira a escova oval do bolso da camisa e penteia o cabelo do filho. Enverga-se para trás para olhá-lo com mais distância e, satisfeito com o penteado, guarda a escova no bolso. Hijo, termina aqui nossa viagem. No bar, diga que viniste em nome de Paco. Paco, compreende? Lilico assente com a cabeça e a maçã do rosto pulsa. Parece ao filho que os olhos do pai estão cheios d'água e então, para não constranger o velho, ele desvia o olhar. O pai dá dois tapinhas na bochecha do filho, segura-o com força por trás do pescoço, olha o menino por alguns segundos e vai, dando a volta no carro para voltar a dirigir. Quando abre a porta do motorista, o filho o chama. Pai? Paco, com uma perna já dentro do carro, põe o braço no teto e olha para o filho, Obrigado, diz o menino, com uma voz um pouco mais grossa do que a habitual. O pai sorri sem mostrar os dentes e entra no automóvel. Lilico espera o Chevette sumir e então caminha até o bar.

    O Bar do Ulisses tem chão vermelho de cimento queimado, três mesas dobráveis de metal e quatro cadeiras em torno de cada mesa. O balcão é pequeno, de madeira, e atrás dele duas prateleiras com algumas garrafas de pinga e outros destilados baratos. Ao lado das bebidas, um calendário com a foto de Nossa Senhora Aparecida, do ano de 1996, e uma flâmula carmim, em pano puído, do Vila Nova Futebol Clube. Nessa mesma parede, um portal coberto por uma cortina de plástico verde e amarela, com o desenho de uma arara-vermelha com o bico branco, dava acesso à cozinha de onde vinha o cheiro de fritura que revira o estômago de Lilico assim que ele entra no lugar e se senta na primeira mesa que vê.

    Como pode doer tanto a metade dormente do rosto? O cheiro do óleo entra pela boca e pelo nariz e vai até o estômago, não sem antes passar pelos pulmões, entupindo os alvéolos. Com a respiração desencontrada, ele força um pigarro na esperança de que alguém o ouça. Dá certo.

Um homem velho passa pela arara. Ele tem a pele muito escura e um bigode fino, muito branco. Na cabeça, um chapéu de abas grandes e curvas, de plástico, agora já da cor da terra que cerca todo o lugar. Veste uma camisa bege, de mangas curtas, por dentro de uma calça de tergal marrom. Nos pés, sandálias havaianas brancas de tira azul; no ombro, um pano de prato sujo; e, na mão, um cigarro de palha aceso. Dia, sô. Bom dia, responde Lilico, eu vim buscar uma encomenda do Paco. O velho corrige a postura, ergue-se e encara Lilico: Paco? Lilico sustenta a vontade de vomitar, a falta de ar e o olhar, e responde: sim, Paco. Sô, pó sentar aí que vou panhar lá dentro e jazim tô de volta, diz o velho e mais uma vez atravessa a arara.

 Não demora um minuto e o velho está de volta com uma lata de goiabada nas mãos. Ele caminha devagar até a mesa e, como quem serve um cliente, coloca a encomenda diante de Lilico e volta para o balcão.

 Lilico abre a lata. Um bolo de notas azul-turquesa, de cem reais, presas por um elástico amarelo. Uma carteira de identidade com uma foto dele mesmo, Lilico, com uns doze anos de idade, a mesma data de nascimento e o nome Fidel Silva de Oliveira, assinado com uma letra cursiva horrível. Uma chave presa a um chaveiro de alumínio no formato de uma bota de peão de rodeio.

 O jovem fecha a lata e percebe que o velho está, outra vez, ao seu lado, agora com três torresmos fritos em cima de um prato de alumínio e um sorriso quase sem dentes. O velho põe os petiscos em cima da mesa e volta para o balcão. Lilico abre a lata mais uma vez, para conferir se de fato havia visto todo o conteúdo. Antes de fechá-la, o velho coloca em cima da mesa um copo americano cheio de cachaça. Lilico sabe que não pode negar aquela gentileza, seria uma desfeita imperdoável, ergue o copo com a pinga em agradecimento e bebe metade do líquido. A garganta queima, ele não tosse, e quando a bebida bate pesada no estômago, ele morde um dos torresmos, por reflexo. É delicioso. Procura o velho com os olhos, para agradecê-lo, mas já não há ninguém por perto. Lilico come os três torresmos e termina de beber a aguardente. Quando termina, percebe o velho sentado na mesa ao lado, picando com o canivete um pedaço de fumo de rolo. Parece que ele sempre esteve ali, mais ao alcance da mão do que dos olhos. Lilico abre a lata, tira uma nota de cem reais e a oferece ao velho. Cê besta, sô, pelamor de Deus, guarda isso, cê vai precisar. Lilico não vê forma de insistir diante daquela convicção absoluta, então guarda o dinheiro no bolso, se levanta e agradece baixinho. Quando vai passar pela porta, para, vira-se para trás e pergunta: e a chave? O velho, sem tirar os olhos do fumo que está picando, aponta para trás com o canivete, é lá no pé da sucupira.

***

Tudo está parado debaixo daquele Sol. A poeira, as folhas secas, as latas e garrafas e sacolas de plástico e bitucas de cigarro no chão, sem nenhum vento para movê-las. Um cão verde de três patas dorme como se estivesse morto. Será que essa bruma quase imperceptível que deforma a paisagem vem do calor que sobe da terra ou do olhar meio bêbado, nauseado, do garoto ferido que está saindo do bar?

Ele carrega a mala numa das mãos e a lata na outra. Atravessa a porta e passa a caminhar beirando as paredes, para aproveitar a pouca sombra. Seus passos são pequenos, mas ritmados. Quando chega aos fundos, para. Inspira profundo, mas o ar traz menos oxigênio do que esperava e mais fuligem do que poderia imaginar. Olha para os lados e não vê ninguém: não há coiotes no Goiás. Tudo que a vista alcança é a sucupira enorme, quase toda em copa, florida, lilás, seu destino.

Os passos pequenos agora sem ritmo. Começa muito rápido, a cabeça explode, uma parada longa, o ar não vem, volta a caminhar, joelho mole, é muito sol, gosto de ferro, pisa o cascalho, o ar não vem, não venta, não pensa, a lata escorre pela mão suada e cai e voam a tampa e o dinheiro e o documento e a chave, se espalhando pelo chão. Não há apaches no Goiás. Ajoelha, pescoço travado, pega as notas, ouvido apita, a identidade, gosto de tamarindo, e a chave, nenhum pássaro canta, fecha a lata, levanta. Milhares de estrelas brilham amarelas e depois, uma por uma, se apagam, até que sobre apenas a escuridão, não, agora não, abre o olho e respira, vem pouco ar e cheiro de gasolina, pelo menos ainda está acordado, olha para o céu, o Sol não cega, a face arde, aperta a lata com a mão, ainda está lá, a mala também, está muito, é só voltar a caminhar, muito perto, menos de vinte metros, olha para o lado, não há xerifes no Goiás. Vê o touro.

Vê o touro, o touro que já o via. Uma tonelada de músculos e couro, dois chifres, um deles quebrado pela metade e tingido de marrom, como sangue quando seco. O animal o encara com seus olhos estúpidos. Sente frio e não tem forças para correr, tampouco calma para ficar parado. Tenta seguir caminho com passinhos minúsculos, o touro muge. Então para, o touro bufa. Passa a língua e um dente mole cai, o touro vira de lado. Cospe o dente e um pouco de sangue, o touro move a cabeça. O peito aperta, a cabeça do touro para lá e para cá, gosto de alvejante, a pata arrasta cascalho, larga a mala e a lata no chão, o chifre arrasta o cascalho, ergue o corpo e as mãos como um boxeador, o touro vem em sua direção, desabalado, filho da puta, cada vez mais enorme, que acabe logo, nuvem de poeira, foda-se, as quatro patas cavam o cascalho de uma vez, fecha os olhos com força, terra entra pelo nariz.

Ainda sem respirar, abre os olhos. O animal está parado em sua frente, à distância de um braço, cabeça virada para o chão. Respira. Muito calor. Respira. Olha para os lados, ninguém, não há ouro no Goiás. Toca com cuidado o dorso do animal, que parece nem sentir. Passa a mão pelo couro, o animal segue desinteressado. Abaixa, pega a mala e a lata. Levanta, sem dor nem sede, e caminha firme até a sombra da sucupira.

Vê uma moto CG 125 encostada no caule da árvore. Abre a lata, pega a chave, a enfia na ignição. O motor funciona. Guarda a lata dentro da mala e acomoda a mala entre as pernas. Engata a primeira marcha e parte.

O touro o acompanha com os olhos até que ele suma no horizonte e só então volta a lamber o chão.

No Goiás tudo é pasto.

AGRADECIMENTOS

Tonton, por recriar o mundo em cada manhã enquanto me ensina a gostar de Jorge Ben.

Fê, pelo cheiro do shampoo no travesseiro em Caxambu, pelo cheirinho na Casa do Estudante e por esses primeiros quinze anos que vieram depois.

Dona Kathya, por me ensinar a gostar de música e do que é justo. Seu Alair, por me ensinar a gostar dos filmes e dos jogos. Aos dois, que desde sempre botaram fé, afeto e grana.

Aos amigos que leram primeiro: Sara, desde aquele dia na escada na frente da oficina mecânica, espero que agora a dívida esteja paga. Regina, por ter respondido àquele primeiro e-mail e colocado Bolaño na leitura obrigatória. Vitor, pelo pouco dinheiro que ganhamos juntos e por ter tomado três chapéus seguidos sem dar falta. Noshua, pelo show do Milton no Carnaval e pelo papo depois do Desonra; Breno, pelo spam camarada de parte deste livro; e Igor, por aquelas doze cervejas, o telefonema depois do "Dois dias, uma noite" e todo o entusiasmo e as conspirações compartilhadas.

Aos amigos que preferiram não ler de graça e agora vão ter que comprar: Greg, Ceariba, Olavo e Pedro.

Átila, Marcela e Shiba, pelas consultorias.

Micha, Andinho, Rei, André, Xanuda, por todas as mentiras que me contaram ao longo dos anos e que me serviram de inspiração.

Thiago, por aquele dia chorando até engasgar na sala da direção, por voltar a andar de skate depois dos trinta, pela invencibilidade eterna da dupla no bete e pelos trotes de madrugada na Record.

Rodrigo, pelo Hollywood mentolado no telhado da casa do Daniel, pela vergonha que passou no frescobol em Itacaré, pela disposição e coragem naquele dia no hot-dog e por ter salvado este computador em que escrevo.

Dani, pelas histórias do mascarado, do CarnaGoiânia, da luta de cuecas, de escapar dos tiros na rodovia, da reconquista do relógio; pelos projetos que abandonamos juntos; pela ilustração mais braba de todas.

Tiagão, por ter me apresentado ao Lambisco, me ensinado sobre cinema e feito mágica nas fotos.

Xexeo, meu professor, editor e olheiro, por aquele artigo sobre o Michael Mann, pela entrevista sobre *2666*, por ter sido o primeiro a ver um livro no livro.

Lu e Gabi, minhas editoras, pelo olhar especializado, atento, generoso; pela boa vontade de ver graça em *quase todas* as maluquices e pela firmeza em não deixar passar do tom.

FONTES
Fakt e Heldane Text

PAPEL
Avena

IMPRESSÃO
Lis Gráfica